DT企劃／著

日語自他動詞

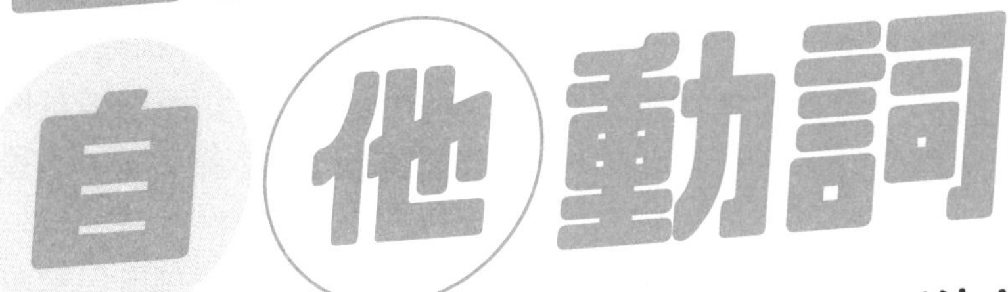

左頁自動詞　右頁他動詞

對照學習更輕鬆！

諺語・慣用句小專欄，擴充學習有趣的日文說法！

笛藤出版

前言

在學習日語的過程中，自他動詞對於初學者來說往往是塊令人迷惘又頭痛的未知領域，特別是在對一些形態、意義看似相近的動詞無法很清楚地理解時，容易混淆不清，因而導致在使用中出現錯誤的情況發生。然而之所以會用錯，主要是因為沒有清楚明白這類動詞的自他關係，故而連帶用錯了助詞等等。有些自他動詞的意思雖然相近，但適用的場合和對應的關係是有區別的。

此外，部分自他動詞有著非常複雜的對應關係，對初學者來說現階段從簡單的開始會比較容易增加信心，故本書就一些常用的自他動詞舉例說明，從意義、用法、對應關係到特殊情況做初步的講解，讓初學者慢慢有了自他動詞的概念後利用腦袋裡既成的理解與語感，在看其他的句子時能夠順利地學習下去。之後一步一步累積自己的日文實力，等踏上更高一層的程度時，得以利用過往學習過的基礎做更深一層的探討，挖掘隱藏在自他動詞裡其他奇妙有趣的秘密。

本書希望能提高讀者對字彙的理解和滿足使用方面的需求，並祝各位在語言學習的旅途上可以像發現新大陸一樣積極愉快努力不懈！

笛藤編輯部

目錄

前言 …… 002

使用方法 …… 010

五十音圖表 …… 012

動詞變化表 …… 016

形容詞變化表 …… 016

助動詞變化表 …… 017

	自動詞	他動詞	
あ	会（あ）う	会（あ）わす	020
	合（あ）う	合（あ）わす	022
	上（あ）がる	上（あ）げる	024
	開（あ）く	開（あ）ける	026
	空（あ）く	空（あ）ける	028
	諺語・慣用句小專欄		030
い	生（い）きる	生（い）かす	044
	諺語・慣用句小專欄		046

	自動詞	他動詞	
う	浮かぶ	浮かべる	048
	受かる	受ける	050
	埋まる	埋める	052
	移る	移す	054
	生まれる	生む	056
	売れる	売る	058
	植わる	植える	060
	諺語・慣用句小專欄		062
お	起きる	起こす	078
	教わる	教える	080
	落ちる	落とす	082
	降りる	降ろす	086
	折れる	折る	088
	終わる	終える	090
	諺語・慣用句小專欄		092

	自動詞	他動詞	
か	掛（か）かる	掛（か）ける	104
	隠（かく）れる	隠（かく）す	106
	乾（かわ）く	乾（かわ）かす	108
	変（か）わる	変（か）える	110
	代（か）わる	代（か）える	112
	諺語・慣用句小專欄		114
き	消（き）える	消（け）す	122
	決（き）まる	決（き）める	124
	諺語・慣用句小專欄		128
こ	越（こ）える	越（こ）す	130
	壊（こわ）れる	壊（こわ）す	132
	諺語・慣用句小專欄		134
さ	下（さ）がる	下（さ）げる	138
	裂（さ）ける	裂（さ）く	140
	冷（さ）める	冷（さ）ます	142
	諺語・慣用句小專欄		144

	自動詞	他動詞	
し	沈(しず)む	沈(しず)める	150
	諺語・慣用句小專欄		152
す	済(す)む	済(す)ます	154
	諺語・慣用句小專欄		156
そ	育(そだ)つ	育(そだ)てる	158
	備(そな)わる	備(そな)える	160
	揃(そろ)う	揃(そろ)える	162
	諺語・慣用句小專欄		164
た	倒(たお)れる	倒(たお)す	170
	高(たか)まる	高(たか)める	172
	助(たす)かる	助(たす)ける	174
	立(た)つ	立(た)てる	176
	諺語・慣用句小專欄		178
ち	違(ちが)う	違(ちが)える	186
	近(ちか)づく	近(ちか)づける	188
	諺語・慣用句小專欄		190

	自動詞	他動詞	
つ	続く	続ける	192
	潰れる	潰す	194
	諺語・慣用句小專欄		196
て	出る	出す	200
	照る	照らす	204
	諺語・慣用句小專欄		206
と	溶ける	溶かす	212
	とどまる	とどめる	214
	とまる	とめる	216
	諺語・慣用句小專欄		218
な	直る	直す	222
	流れる	流す	224
	無くなる	無くす	226
	慣れる	慣らす	228
	並ぶ	並べる	230
	諺語・慣用句小專欄		232

	自動詞	他動詞	
に	逃(に)げる	逃(に)がす	238
	諺語・慣用句小專欄		240
の	残(のこ)る	残(のこ)す	242
	伸(の)びる	伸(の)ばす	244
	乗(の)る	乗(の)せる	246
	諺語・慣用句小專欄		248
は	入(はい)る	入(い)れる	256
	始(はじ)まる	始(はじ)める	258
	外(はず)れる	外(はず)す	260
	諺語・慣用句小專欄		262
ふ	増(ふ)える	増(ふ)やす	268
	塞(ふさ)がる	塞(ふさ)ぐ	270
	諺語・慣用句小專欄		272
へ	減(へ)る	減(へ)らす	274

	自動詞	他動詞	
ま	曲(ま)がる	曲(ま)げる	276
	交(まじ)わる	交(まじ)える	278
	諺語・慣用句小專欄		280
み	乱(みだ)れる	乱(みだ)す	284
	見付(みつ)かる	見付(みつ)ける	286
	諺語・慣用句小專欄		288
も	儲(もう)かる	儲(もう)ける	290
	燃(も)える	燃(も)やす	292
	諺語・慣用句小專欄		294
や	焼(や)ける	焼(や)く	296
	止(や)む	止(や)める	298
	諺語・慣用句小專欄		300
ゆ	緩(ゆる)む	緩(ゆる)める	304
	諺語・慣用句小專欄		308

使用方法

1
字彙開頭照五十音順序排，方便讀者翻找。

あ

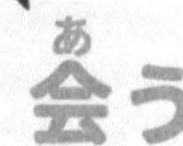

1. 會見
2. 遇見、遇到

1 | 會見
2 | 偶然、不經意的相會

1 | 誰(だれ)が来(き)ても今日(きょう)は会(あ)わない。
今天誰來也不見。

2-1 | 学生時代(がくせいじだい)の友人(ゆうじん)と道(みち)で偶然(ぐうぜん)会(あ)った。
偶然在路上遇見了學生時代的朋友。

2-2 | 夕立(ゆうだち)に会(あ)ってすっかり濡(ぬ)れてしまった。
遇到了暴雨，全身都淋濕了。

20

他 動詞

讓…見

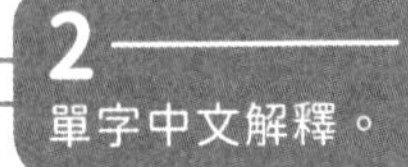

人為安排見面

1-1 大事(だいじ)な用事(ようじ)があるから、社長(しゃちょう)さんに会(あ)わしてください。
我有重要的事，請讓我見一見社長。

1-2 田中先生(たなかせんせい)の古(ふる)い友(とも)だちだから、先生(せんせい)に会(あ)わしてやりました。
他是田中老師的老朋友，所以我讓他與老師見面了。

4
依不同中文意思
分別舉出例句。

21

本書特色

- 左頁自動詞、右頁他動詞，對照學習更輕鬆！
- 諺語・慣用句補充小專欄，一併認識和書中動詞有關的有趣日語說法！

五十音圖表

◆ 照日文字母順序あいうえお……排列
◆ 分平假名和片假名，(　)部分爲片假名
◆ 片假名常用於外來語

(一) 清音(せいおん)

行＼段	あ(ア)段		い(イ)段		う(ウ)段		え(エ)段		お(オ)段	
あ(ア)行	あ(ア)	a	い(イ)	i	う(ウ)	u	え(エ)	e	お(オ)	o
か(カ)行	か(カ)	ka	き(キ)	ki	く(ク)	ku	け(ケ)	ke	こ(コ)	ko
さ(サ)行	さ(サ)	sa	し(シ)	shi	す(ス)	su	せ(セ)	se	そ(ソ)	so
た(タ)行	た(タ)	ta	ち(チ)	chi	つ(ツ)	tsu	て(テ)	te	と(ト)	to
な(ナ)行	な(ナ)	na	に(ニ)	ni	ぬ(ヌ)	nu	ね(ネ)	ne	の(ノ)	no
は(ハ)行	は(ハ)	ha	ひ(ヒ)	hi	ふ(フ)	fu	へ(ヘ)	he	ほ(ホ)	ho
ま(マ)行	ま(マ)	ma	み(ミ)	mi	む(ム)	mu	め(メ)	me	も(モ)	mo
や(ヤ)行	や(ヤ)	ya			ゆ(ユ)	yu			よ(ヨ)	yo
ら(ラ)行	ら(ラ)	ra	り(リ)	ri	る(ル)	ru	れ(レ)	re	ろ(ロ)	ro
わ(ワ)行	わ(ワ)	wa							を(ヲ)	wo
ん(ン)行	ん(ン)	n								

(二)濁音（だくおん）

が（ガ）行	が（ガ）	ga	ぎ（ギ）	gi	ぐ（グ）	gu	げ（ゲ）	ge	ご（ゴ）	go
ざ（ザ）行	ざ（ザ）	za	じ（ジ）	ji	ず（ズ）	zu	ぜ（ゼ）	ze	ぞ（ゾ）	zo
だ（ダ）行	だ（ダ）	da	ぢ（ヂ）	ji	づ（ヅ）	zu	で（デ）	de	ど（ド）	do
ば（バ）行	ば（バ）	ba	び（ビ）	bi	ぶ（ブ）	bu	べ（ベ）	be	ぼ（ボ）	bo

(三)半濁音（はんだくおん）

ぱ（パ）行	ぱ（パ）	pa	ぴ（ピ）	pi	ぷ（プ）	pu	ぺ（ペ）	pe	ぽ（ポ）	po

（四）拗音（ようおん）－清音、濁音、半濁音的「い」段音和小寫偏右下的「や」「ゆ」「よ」合成一個音節，叫「拗音」。

か（カ）行	きゃ（キャ）	kya	きゅ（キュ）	kyu	きょ（キョ）	kyo
が（ガ）行	ぎゃ（ギャ）	gya	ぎゅ（ギュ）	gyu	ぎょ（ギョ）	gyo
さ（サ）行	しゃ（シャ）	sha	しゅ（シュ）	shu	しょ（ショ）	sho
ざ（ザ）行	じゃ（ジャ）	ja	じゅ（ジュ）	ju	じょ（ジョ）	jo
た（タ）行	ちゃ（チャ）	cha	ちゅ（チュ）	chu	ちょ（チョ）	cho
だ（ダ）行	ぢゃ（ヂャ）	ja	ぢゅ（ヂュ）	ju	ぢょ（ヂョ）	jo
な（ナ）行	にゃ（ニャ）	nya	にゅ（ニュ）	nyu	にょ（ニョ）	nyo
は（ハ）行	ひゃ（ヒャ）	hya	ひゅ（ヒュ）	hyu	ひょ（ヒョ）	hyo
ば（バ）行	びゃ（ビャ）	bya	びゅ（ビュ）	byu	びょ（ビョ）	byo
ぱ（パ）行	ぴゃ（ピャ）	pya	ぴゅ（ピュ）	pyu	ぴょ（ピョ）	pyo
ま（マ）行	みゃ（ミャ）	mya	みゅ（ミュ）	myu	みょ（ミョ）	myo
ら（ラ）行	りゃ（リャ）	rya	りゅ（リュ）	ryu	りょ（リョ）	ryo

（五）促音（そくおん）－在發音時，此字不發音停頓一拍、用羅馬字雙子音表示。

小つ（ツ）	きっぷ	pp	ki.p.pu	票
	きって	tt	ki.t.te	郵票
	いっさい	ss	i.s.sa.i	一切
	がっこう	kk	ga.k.ko.o	學校
	マッチ	ch ⇨ cch	ma.c.chi	火柴
	よっつ	ts ⇨ tts	yo.t.tsu	四個
	ざっし	sh ⇨ ssh	za.s.shi	雜誌

（六）長音（ちょうおん）－兩個母音重疊時拉長音即可。

ああ（アー）	aa(ā)	おかあさん	o.ka.a.sa.n	母親
いい（イー）	ii(ī)	たのしい	ta.no.shi.i	快樂
うう（ウー）	uu(ū)	ゆうびん	yu.u.bi.n	郵件
ええ えい（エー）	ee ei (ē)	がくせい	ga.ku.se.e	學生
おお おう（オー）	oo ou (ō)	おおあめ	o.o.a.me	大雨

動詞變化表

語尾 6 種變化			1	2	3	4	5	6
活用形 / 動詞形態變化	基本形（辭書形）	語幹	未然形	連用形	終止形	連體形	假定形	命令形
1 類動詞（五段動詞）	行く	行	行か 行こ	行き 行って	行く	行く	行け	行け
2 類動詞（上一段動詞）	起きる	起	起き	起き	起きる	起きる	起きれ	起きろ 起きよ
2 類動詞（下一段動詞）	食べる	食	食べ	食べ	食べる	食べる	食べれ	食べろ 食べよ
3 類動詞（サ行變格動詞）	勉強する	勉 強	勉強し 勉強せ 勉強さ	勉強し	勉強する	勉強する	勉強すれ	勉強しろ 勉強せよ
3 類動詞（カ行變格動詞）	くる	x	こ	き	くる	くる	くれ	こい

形容詞變化表

語尾 5 種變化		1	2	3	4	5
活用形 / 形容詞形態變化	基本形（辭書形）	未然形	連用形	終止形	連體形	假定形
形容詞（い形容詞）	大きい	大きかろ	大きく 大きかっ	大きい	大きい	大きけれ
形容動詞（な形容詞）	好きだ （好きです）	好きだろ （好きでしょ）	好きだっ （好きでし） 好きで 好きに	好きだ （好きです）	好きな	好きなら

助動詞變化表

語尾 6 種變化		1	2	3	4	5	6
活用形 ／ 助動詞形態變化	基本形（辭書形）	未然形	連用形	終止形	連體形	假定形	命令形
使役	せる	せ	せ	せる	せる	せれ	せよ せろ
使役	させる	させ	させ	させる	させる	させれ	させよ させろ
被動	れる	れ	れ	れる	れる	れれ	れろ れよ
被動	られる	られ	られ	られる	られる	られれ	られろ られよ
可能	れる	れ	れ	れる	れる	れれ	x
可能	られる	られ	られ	られる	られる	られれ	x
敬語	れる	れ	れ	れる	れる	れれ	（れよ）
敬語	られる	られ	られ	られる	られる	られれ	（られよ）
自發	れる	れ	れ	れる	れる	れれ	x
自發	られる	られ	られ	られる	られる	られれ	x
推量	う	x	x	う	う	x	x
推量	よう	x	x	よう	よう	x	x
否定	ない	なかろ	なく なかっ	ない	ない	なけれ	x

語尾 6 種變化		1	2	3	4	5	6
活用形 / 助動詞形態變化	基本形（辭書形）	未然形	連用形	終止形	連體形	假定形	命令形
過去	た	たろ	x	た	た	たら	x
希望	たい	たかろ	たく たかっ	たい	たい	たけれ	x
樣態	そうだ	そうだろ	そうだっ そうで そうに	そうだ	そうな	そうなら	x
樣態	そうです	そうでしょ	そうでし	そうです	（そうです）	x	x
傳聞	そうだ	x	そうで	そうだ	x	x	x
傳聞	そうです	x	そうでし	そうです	x	x	x
比況	ようだ	ようだろ	ようだっ ようで ように	ようだ	ような	ようなら	x
比況	ようです	ようでしょ	ようでし	ようです	ようです	x	x
比況	みたいだ	みたいだろ	みたいだっ みたいで みたいに	みたいだ	みたいな	（みたいなら）	x
推定	らしい	x	らしく らしかっ	らしい	らしい	x	x
斷定	だ	だろ	だっ で	だ	（な）	なら	x
斷定	です	でしょ	でし	です	（です）	x	x
丁寧	ます	ませ ましょ	まし	ます	ます	ますれ	ませ まし

自動詞

他動詞

諺語・慣用句小專欄

スタート！

会う（あう）

1. 會見
2. 遇見、遇到

1 | 會見

2 | 偶然、不經意的相會

1 | 誰（だれ）が来（き）ても今日（きょう）は会（あ）わない。

今天誰來也不見。

2-1 | 学生時代（がくせいじだい）の友人（ゆうじん）と道（みち）で偶然（ぐうぜん）会（あ）った。

偶然在路上遇見了學生時代的朋友。

2-2 | 夕立（ゆうだち）に会（あ）ってすっかり濡（ぬ）れてしまった。

遇到了暴雨，全身都淋濕了。

讓…見

人為安排見面

1-1 大事（だいじ）な用事（ようじ）があるから、社長（しゃちょう）さんに会（あ）わしてください。
我有重要的事，請讓我見一見社長。

1-2 田中先生（たなかせんせい）の古（ふる）い友（とも）だちだから、先生（せんせい）に会（あ）わしてやりました。
他是田中老師的老朋友，所以我讓他與老師見面了。

合う　合

事物、狀態的「合」

1-1 | **性格・意見が合わない。**

性格・意見不合。

1-2 | **この靴は私の足に合わない。**

這雙鞋不合我的腳。

1-3 | **私の時計は合っていない。**

我的錶不準。

…符合、使…對準

外在力量使之符合

1-1 | 計算（けいさん）・調子（ちょうし）を合（あ）わす。
核對計算・照著步調。

1-2 | 足（あし）に合（あ）わして靴（くつ）をつくる。
照著腳（的大小）做鞋子。

1-3 | 時計（とけい）を合（あ）わしてから出（で）かけた。
對準了手錶的時間後才出門。

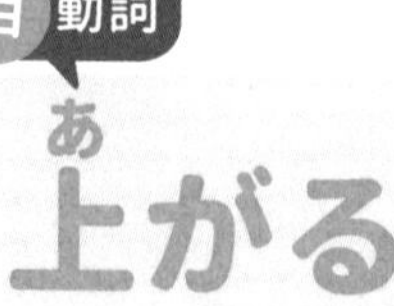

1. 上、升
2. 向上（動作）
3. 完了
4. 上升

1｜表示場所的移動，動作主體（可以是人也可以是物）從下面移動到上面去

2｜表示動作的向上，動作主體多是人身體的某一部分

3｜表示某一活動、情況完了

4｜表示上升，動作主體多是抽象的東西

1｜**人々（ひとびと）は船（ふね）から陸（りく）に上（あ）がった。**

人們從船登上了陸地。

2｜**一斉（いっせい）に手（て）が上（あ）がった。**

一起舉起了手。

3｜**仕事（しごと）が思（おも）ったより早（はや）く上（あ）がった。**

工作結束得比預期早。

4｜**熱（ねつ）・気温（きおん）・値段（ねだん）・物価（ぶっか）・家賃（やちん）・成績（せいせき）・実力（じつりょく）が上（あ）がる。**

體溫・氣溫・價格・物價・房租・成績・實力上升。

1. 把…搬上去
2. 向上（動作）
3. 做完
4. 提高

1 | 場所的移動，從下面將某東西移到上面去
2 | 動作的向上，動作主體一般是人，動作對象是人身體的一部分
3 | 做完、完
4 | 提高（抽象比喻）

1 | 積み荷を船から陸に上げる。
把船上的貨搬到陸地上來。

2 | 一斉に手を上げる。
一起舉起了手。

3 | 仕事が思ったより早く上げた。
比預期早把工作完成了。

4 | 値段・物価・家賃・成績・実力を上げる。
提高價格・物價・房租・成績・實力。

下面這兩個句子的動詞要用 自「上がる」，用 他「上げる」則是不通的唷！

✓風呂から上がる。 ✗風呂から上げる。 泡完澡。

✓雨が上がる。 ✗雨を上げる。 雨停。

開（あ）く

開著

描述事物是處於「開著」的狀態

1-1 | 窓（まど）が開（あ）いている。

窓戶開著。

1-2 | デパートは九時（くじ）にならないと開（あ）かない。

百貨公司不到九點不開門。

打開

開啟、以外力打開…

1-1 窓(まど)を開(あ)ける。
打開窗戶。

1-2 デパートは九時(くじ)に開(あ)けます。
百貨公司九點開門。

1. 破了洞
2. 空著

1 ｜「破洞」的狀態

2 ｜某一場所、某一時間空著

1 ｜**壁（かべ）に穴（あな）が空（あ）いている。**
牆上破了個洞。

2 ｜**ちょっと用事（ようじ）があるんですが、今晩（こんばん）は空（あ）いていますか。**
我有點事，你今晚有空嗎？

1. 鑿洞
2. 空出

1 | 鑿洞

2 | 空出、騰出某一空間／時間

1 | **鼠(ねずみ)が壁(かべ)に穴(あな)を空(あ)けた。**

老鼠在牆上鑿了個洞。

2 | **日曜日(にちようび)を空(あ)ける。**

把星期天（的時間）空出來。

自動詞 会(あ)う　他動詞 会(あ)わす

会(あ)うは別(わか)れの始(はじ)め

天下無不散的筵席

解釋

相遇是離別的開始，有開始就有結束、有快樂也會有痛苦，表達人世間的無常，所以更應珍惜相聚的時光。

同義詞

会(あ)うが別(わか)れの始(はじ)め

会(あ)うは別(わか)れ

会(あ)うは別(わか)れの基(もと)

会(あ)わせ物(もの)は離(はな)れ物(もの)

会者定離(えしゃじょうり)

別(わか)れなくして出会(であ)いなし

叮嚀

「会(あ)う」也寫作「逢(あ)う」。「始(はじ)め」不可寫作「初(はじ)め」。

例句

どんなに好(す)きな人(ひと)ができても、会(あ)うは別(わか)れの始(はじ)めなのだと思(おも)うと、悲(かな)しい気持(きも)ちになる。

再怎麼喜歡的人，只要想到天下無不散的筵席，還是會感到難過。

地獄(じごく)で仏(ほとけ)に会(あ)う

絕路逢生

解釋

緊急危難時，遇到意想不到的救助。也會說：地獄(じごく)で仏(ほとけ)。

同義詞

地獄(じごく)で地蔵(じぞう)に会(あ)う

地獄(じごく)で舟(ふね)

日照(ひで)りに雨(あめ)

闇夜(やみよ)の灯火(ともしび)

例句

雪山(ゆきやま)で遭難(そうなん)したときに助(たす)けてくれた人(ひと)がいて、まるで地獄(じごく)で仏(ほとけ)に会(あ)ったような気持(きも)ちだった。

在雪山遭遇山難，幸好有人出手相助，宛如絕路逢生般。

memo

自動詞 合う 他動詞 合わす

勘定合って銭足らず

理論與實際不符

解釋

計算沒有錯誤，現金卻不夠。引申為理論與實際不符。

同義詞

算用合って銭足らず

例句

あの会社は経営が危ないと言って確認したら、勘定合って銭足らずとなっているようです。

聽說那間公司的經營出現問題，了解後知道，應該是理論與實務出現了落差。

袖振り合うも多生の縁

有緣千里來相會，無緣對面不相識

解釋

就算是不認識的人，能一起走在路上，僅僅是衣袖相互觸碰的小事，都是前世修來的緣份。

同義詞

一河の流れを汲むも多生の縁

一樹の陰一河の流れも他生の縁

袖(そで)の振(ふ)り合(あ)わせも五百生(ごひゃくしょう)の機縁(きえん)

躓(つまず)く石(いし)も縁(えん)の端(はし)

例句

偶然(ぐうぜん)がきっかけでお話(はなし)をしましたが、袖振(そでふ)り合(あ)うも多生(たしょう)の縁(えん)と言(い)いますから、仲良(なかよ)くしましょう。

雖然是在偶然的情況下開始聊天的，但話說有緣千里來相會，無緣對面不相識，讓我們交個朋友吧！

身(み)を合(あ)わす

同心協力

解釋

想法一致，合作無間。

同義詞

氣(き)を揃(そろ)えて

呼吸(こきゅう)を合(あ)わす

心(こころ)を一(いち)にする

心(こころ)を合(あ)わせる

調子(ちょうし)を合(あ)わせる

例句

この計画(けいかく)はとても複雑(ふくざつ)で、メンバーたちが身(み)を合(あ)わさないと成功(せいこう)できないと思(おも)います。

這個計畫相當複雜，要是組員不同心協力的話，是無法成功的。

自 動詞 上(あ)がる　他 動詞 上(あ)げる

陸(おか)に上(あ)がった河童(かっぱ)

蛟龍出水有技難展

解釋

原本在水中可來去自如的河童，一旦上了陸地，其技能就無法施展開了。

同義詞

魚(うお)の水(みず)に離(はな)れたよう

陸(おか)に上(あ)がった魚(うお)

陸(おか)に上(あ)がった船頭(せんどう)

木(き)から落(お)ちた猿(さる)

水(みず)を離(はな)れた魚(うお)

叮嚀

「陸」不可唸成「りく」。

例句

物理学者(ぶつりがくしゃ)である彼(かれ)も、専門分野以外(せんもんぶんやいがい)のことはまるで陸(おか)に上(あ)がった河童(かっぱ)のようだった。

即便是身為物理學家的他，只要是專門領域外的事情，也像是蛟龍出水，有技難展。

桂馬(けいま)の高上(たかあ)がり

爬得愈高跌得愈重

解釋

一心只想爬到更高的地位而忽略了自身的能力，最終導致失敗。

同義詞

桂馬(けいま)の高飛(たかと)び歩(ふ)の餌食(えじき)

桂馬(けいま)誇(ほこ)って歩兵(ふひょう)の餌(え)となる

例句

新入社員(しんにゅうしゃいん)の彼(かれ)はすぐに昇進(しょうしん)したが、桂馬(けいま)の高上(たかあ)がりだったようです。

他剛進公司就立刻獲得晉升，但最後卻好像爬得太高太快反而跌得更重了。

同期(どうき)の中(なか)で一番早(いちばんはや)く出世(しゅっせ)した彼(かれ)は、桂馬(けいま)の高上(たかあ)がりだったようで、大(おお)きな失敗(しっぱい)をしてしまった。

同期當中，看起來最快成功的他，卻是爬得愈高跌得愈重，最終還是失敗了。

棚(たな)に上(あ)げる

視而不見

解釋

放在架上不予理睬，引申為「與自己有關的事情即使錯了也置之不理或假裝不知道」。

同義詞

紺屋(こうや)の白袴(しろばかま)

医者(いしゃ)の不養生(ふようじょう)

易者(えきしゃ)身(み)の上(うえ)知(し)らず

学者(がくしゃ)の不身持(ふみも)ち

例句

自分(じぶん)のことは棚(たな)に上(あ)げて、他人(たにん)のミスばかり指摘(してき)する人(ひと)がいる。

有些人對自己的過錯視而不見，但總是指摘別人的錯誤。

音(ね)を上(あ)げる

叫苦連天；輕言放棄

解釋

字面上是高聲地發出聲音來，其實是指輕言放棄、認輸、說些沒志氣的話的意思。

同義詞

手(て)を挙(あ)げる

手(て)を上(あ)げる

御手上(おてあ)げ

意地(いじ)を折(お)る

例句

彼(かれ)の考(かんが)えた練習(れんしゅう)メニューは厳(きび)しすぎて、音(ね)を上(あ)げる人(ひと)が沢山(たくさん)いた。

他所設計的練習課表太過嚴苛，許多人都叫苦連天。

自動詞 開く　他動詞 開ける

開いた口が塞がらない

嚇得目瞪口呆

解釋

（吃驚得）目瞪口呆。因不好的事情所引起的吃驚而目瞪口呆。

同義詞

呆れて物が言えない

言葉を失う

叮嚀

吃驚的事情多是負面的。

例句

警察官が飲酒運転していたとは、開いた口が塞がらない。

警察竟酒駕，真是讓人驚訝得說不出話來。

週に三回も家出するなんて、本当に開いた口が塞がらない。

一星期離家出走了三次，真是讓人不知道該說什麼。

開(あ)いた口(くち)へ牡丹餅(ぼたもち)

好運意外降臨；天下沒有白吃的午餐

解釋

好運意外降臨。也衍生成好吃懶做之人，以為嘴巴張開就會有餅自己掉進來。

同義詞

開(あ)いた口(くち)へ団子(だんご)

鰯網(いわしあみ)へ鯛(たい)がかかる

鴨(かも)が葱(ねぎ)を背負(しょ)ってくる

棚(たな)から牡丹餅(ぼたもち)

天然礫(つぶて)のまぐれ当(あ)たり

寝(ね)ていて餅(もち)

物怪(もっけ)の幸(さいわ)い

例句

公園(こうえん)で出会(であ)った人(ひと)にもらった宝(たから)くじが一等(いっとう)に当選(とうせん)していて、開(あ)いた口(くち)へ牡丹餅(ぼたもち)だ。

在公園遇見的人給的樂透竟然得到頭獎，簡直是天降好運。

今度(こんど)の大会(たいかい)で優勝(ゆうしょう)することは、開(あ)いた口(くち)へ牡丹餅(ぼたもち)というわけにはいかないだろう。

這次在大會上獲勝，不能說是單憑好運得來的。

穴を開ける

破口、虧損

解釋

原意為出現破洞，也可用來表示金錢出現虧損，或是開天窗。

同義詞

大穴を開ける

例句

彼ならば、一年前に会社の帳簿に穴を開けて解雇されたので、もうこの会社にいません。

他在一年前因虧空公司款項而被解雇，現在已不在公司了。

私が担当する漫画家の原稿が、締め切りに間に合わず、雑誌に穴を開けた。

我負責的漫畫家無法在截稿日前交稿，讓雜誌開了天窗。

memo

体が空く

有空閒

解釋

工作結束後，有了空閒的時間。

同義詞

手が空く

手が透く

例句

今私も手が離せないから、体が空いた人に頼んでください。

現在我也很忙，請去拜託有空的人。

空き家で声嗄らす

徒勞無功

解釋

原意是對著空無一人的房子大聲喊叫，就算喊破喉嚨也不會有人回應。意指再努力也不會獲得回報。

同義詞

空き家で棒を振る

縁の下の舞

楽屋で声を嗄らす

例句

テストの為に漢字を百回も練習したが、試験範囲を間違え、先生に怒られた。まさに空き家で声嗄らしていた。

為了考試我練習寫漢字一百次了，但是因為搞錯考試範圍，被老師罵了一頓。這就是人們常說的徒勞無功。

memo

自 動詞

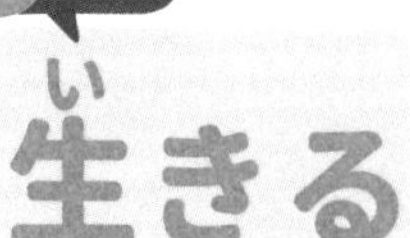

生(い)きる

1. 活著
2. 生活、活在…
3. 生動
4. 還活著、有用

1 | 人或其他動物活著

2 | 在某種事業、環境中生活著

3 | 形容有生命力的樣子

4 | 持續存在

1 | **水(みず)がなくては魚(さかな)は生(い)きることができない。**

沒有水魚是活不了的。

2 | **現代(げんだい)を生(い)きる。**

生活在現代。

3 | **この虎(とら)の絵(え)は生(い)きている。**

這幅老虎的畫，描繪得栩栩如生。

4 | **開拓者(かいたくしゃ)の精神(せいしん)は今(いま)なお生(い)きている。**

創立者的精神，現在仍然持續存在著。

1. 使…活
2. 活用

1 | 外力介入使…活

2 | 充分利用、活用…

1-1 | お医者(いしゃ)さんが瀕死(ひんし)の病人(びょうにん)を生(い)かした。

醫生把瀕死的病人救活了。

1-2 | 取(と)った魚(さかな)を水(みず)の中(なか)に入(い)れて生(い)かしておきましょう。

把抓來的魚放到水裡養吧！

2 | 料理(りょうり)は材料(ざいりょう)を生(い)かすことが大切(たいせつ)だ。

活用食材做菜是很重要的。

自動詞 生きる 他動詞 生かす

生き馬の目を抜く

雁過拔毛、遇事三分利

解釋

字面上的意思是把活著的馬眼睛挖出來，形容 (為獲利) 眼明手快。

同義詞

世渡り上手

ずる賢い

例句

彼は生き馬の目を抜くように出世した。

他相當機伶懂得搶奪先機，因此迅速獲得賞識。

生き馬の目を抜く芸能界で生きていくには、相当な覚悟が必要です。

想在凡事遇事三分利的演藝界存活，是需要相當的覺悟的。

生き肝を抜く

讓人嚇破膽

解釋

讓人相當驚嚇。

同義詞

一杯食わせる

一泡吹かせる

例句

相手の剣幕に生き肝を抜かれる。

被對方怒氣沖沖的態度嚇到。

生きている犬は死んだライオンに勝る

好死不如歹活

解釋

再偉大的人只要死去，就什麼都沒有了，即使要忍受屈辱折磨，總比死了還好。

同義詞

生ける犬は死んだ虎に勝る

例句

どんな嫌なことがあっても、我慢してください。生きている犬は死んだライオンに勝ります。

無論有多麼討厭的事也請忍耐下去。好死不如歹活，活著也才有希望。

自動詞

浮(う)かぶ

1. 漂浮
2. 露出、浮現出

1｜物體在水中、空中漂浮
2｜在臉上露出某種表情，或在頭腦裡浮現出某件事

1｜船(ふね)が海(うみ)に浮(う)かんでいる。
船在海裡飄浮著。

2-1｜彼女(かのじょ)の口元(くちもと)にほほえみが浮(う)かんだ。
她的嘴角露出了微笑。

2-2｜昔(むかし)のことが頭(あたま)に浮(う)かんだ。
從前的事浮現在腦海中。

1. 使…漂浮
2. 使…浮現、露出

1 | 使東西漂浮在水裡、空中

2 | 某種表情出現在臉上，或使某件事情出現在腦海裡

1 | 子供（こども）たちは小（ちい）さな船（ふね）を**浮（う）かべて**遊（あそ）んでいる。
孩子們**讓**小船**漂**在水上玩著。

2-1 | 彼女（かのじょ）は口元（くちもと）にほほえみを**浮（う）かべて**私（わたし）に言（い）った。
她嘴角**露出**微笑對我說了。

2-2 | それを見（み）ると、頭（あたま）の中（なか）に昔（むかし）のことを思（おも）い**浮（う）かべた**。
看到了那種情況，我腦海中**浮現了**從前的事。

受（う）かる　考試合格、考上

用於考試通過

1-1 | 兄（あに）は東大（とうだい）が受（う）かった。
哥哥考上了東大。

1-2 | 僕（ぼく）は東京高校（とうきょうこうこう）の入学試験（にゅうがくしけん）に受（う）かった。
我通過了東京高中的入學考試。

報考、應考

某人參加某種考試

1-1 | 兄(あに)は東大(とうだい)の入学試験(にゅうがくしけん)を受(う)けた。
哥哥報考了東大。

1-2 | わたしは医科大学(いかだいがく)の試験(しけん)を受(う)けようと思(おも)っている。
我想考醫學大學。

埋(うず)まる

1. 被埋
2. 擠滿、擺滿

1 | 東西或人被埋在土裡、雪裡，客觀形成「被埋」的情況
2 | 某一地點、場所擺滿某種東西或擠滿了人

1 | **列車(れっしゃ)は吹雪(ふぶき)に埋(うず)まった。**
火車被埋在大雪裡了。

2 | **おじいさんの部屋(へや)は本(ほん)で埋(うず)まっていて歩(ある)くところがない。**
爺爺的房間裡擺滿了書，連走路的地方都沒有。

1. 埋
2. 擺滿

1 | 人有意識地將某種東西埋在土裡、雪裡、砂裡
2 | 在某一地點、場所擺滿某種東西

1 | **タイムカプセルを土（つち）の中（なか）に埋（うず）める。**
把時間膠囊埋進土裡。

2 | **部屋中（へやじゅう）を花（はな）で埋（うず）める。**
把滿屋裝飾得到處是花。

自動詞

1. 被搬、被遷移　3. 染上、沾上
2. 變遷　4. 傳染

1 | 東西被搬、被遷移到另一個地方或人被調到另一個地方
2 | 表示時代的變化、變遷
3 | 染上了另一種顏色，沾上了某種氣味
4 | 傳染上了疾病、惡習

1 | **いつ新(あたら)しい家(いえ)に移(うつ)りますか。**
什麼時候搬到新家去？

2 | **時代(じだい)が移(うつ)るにつれて、思想(しそう)も変(か)わった。**
隨著時代的變遷，人的思想也變了。

3 | **色(いろ)のついたシャツに白(しろ)いシャツを一緒(いっしょ)に洗(あら)ったので、白(しろ)いシャツに色(いろ)が移(うつ)ってしまった。**
把有色的襯衫和白色襯衫一起洗，讓白襯衫被染色了。

4 | **風邪(かぜ)が外(そと)の人(ひと)に移(うつ)った。**
感冒傳染給了旁人。

1. 搬、遷移　3. 染上、沾上
2. 變遷　4. 傳染

1 | 將某種東西搬、遷移到另一個地方或將人調到另一個地方
2 | 表示時間、時代的變化、變遷
3 | 染上了另一種顏色，沾上了另一種氣味
4 | 傳染

1 | 机(つくえ)を窓(まど)のそばへ移(うつ)しなさい。
請把桌子搬到窗子旁。

2 | 時(とき)を移(うつ)さずに準備(じゅんび)をした。
馬上做了準備。

3 | 白(しろ)いシャツには緑色(みどりいろ)を移(うつ)した。
白色襯衫染上了綠色。

4 | 伝染病(でんせんびょう)を移(うつ)さないように隔離(かくり)する。
隔離起來避免傳染疾病。

他「移す」在表示時間、時代的變化、變遷時，只能用「時を移さず」，意同於「沒有過時、不失時機、立刻、馬上」。

生(う)まれる

1. 誕生
2. 問世

1 | 生命的出生、誕生

2 | 某一新鮮事物的出現、問世

1 | 赤(あか)ちゃんが生(う)まれた。

婴兒誕生了。

2 | 地動説(じどうせつ)が生(う)まれてから、天動説(てんどうせつ)はすっかり引(ひ)っ繰(く)り返(かえ)された。

地動說出現了以後，天動說就完全被推翻了。

1. 生、產
2. 創造

1 | 人類、動物生產

2 | 創造出新的、未曾有過的東西

1 | **それはよく卵（たまご）を生（う）む鶏（にわとり）だ。**

那是一隻很會生蛋的雞。

2 | **彼（かれ）は奇蹟（きせき）を生（う）んだ。**

他創造了奇蹟。

自「**生まれる**」、他「**生む**」有時會看到另一種寫法：自「**産まれる**」、他「**産む**」。

自「**生まれる**」帶有感謝之意，有「謝謝把我生下來」的意思。但若寫成「**産まれる**」也是沒有錯的。他「**産む**」的用法範圍則較侷限，基本上是指「生產、分娩」的意思。「**生む**」則是包含「生產、分娩」，外加還有「事物新出現在這個世上」的意思。

若分不清楚時，一律都用漢字「**生**」是最安全的。

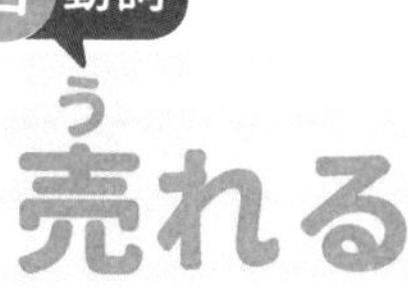

売(う)れる　好賣

形容東西好賣、暢銷

1-1 | あの本(ほん)はよく売(う)れる。
那本書很暢銷。

1-2 | 今(いま)売(う)れる家(いえ)は海岸(かいがん)の近(ちか)くにある家(いえ)だ。
現在海岸附近的房子很搶手。

賣

賣(東西)

1-1 | 本（ほん）を売（う）る。

賣書。

1-2 | 今（いま）売（う）る家（いえ）は海岸（かいがん）の近（ちか）くにある家（いえ）だ。

現在賣的房子是在海岸附近的。

另外，他「売る」也有「出賣」的意思，但卻沒有與之相對的自「売れる」的用法。使用範例如下：

✔彼（かれ）は親（した）しい友（とも）でも売（う）る。　✘彼は親しい友でも売れる。

他連關係親密的朋友都出賣。

自動詞

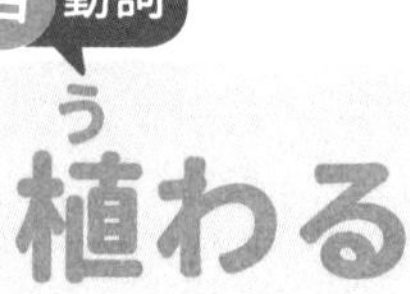

1. 栽種
2. 培養起…

1｜種著…，主語多是被栽種的東西，含有「植えられる」可能、被動的意思

2｜培養起某種精神、思想（抽象比喻）

1｜庭(にわ)のまわりには木(き)がたくさん植(う)わっている。
院子的周圍，栽種著許多樹。

2｜子供(こども)たちは小(ちい)さいときから親孝行(おやこうこう)の思想(しそう)が植(う)わっている。
從小培養孩子們孝順的思想。

1. 栽種
2. 培養

1 | 栽種花草樹木

2 | 將某思想、想法灌輸到人的頭腦裡（抽象比喻），意同灌輸、培養

1 | **トマトの苗(なえ)を畑(はたけ)に植(う)える。**

把番茄苗種到田裡。

2 | **子供(こども)の時代(じだい)から勤倹節約(きんけんせつやく)の思想(しそう)を植(う)えた方(ほう)がいい。**

最好從孩童時期，就培養其勤儉節約的觀念。

自動詞 浮(う)かぶ 他動詞 浮(う)かべる

沈(しず)む瀬(せ)あれば浮(う)かぶ瀬(せ)あり

人生榮枯無常、有盛有衰

解釋

「瀨」有淺灘或是時機的意思，表示如果有讓人倒下去的厄運，也會有出頭的時機。

同義詞

塞翁(さいおう)が馬(うま)

禍福(かふ)は糾(あざな)える縄(なわ)の如(ごと)し

明日(あした)は明日(あした)の風(かぜ)が吹(ふ)く

例句

苦労(くろう)しているのは分(わ)かっています。沈(しず)む瀬(せ)あれば浮(う)かぶ瀬(せ)ありですから、頑張(がんば)ってください。

知道現在非常辛苦，但所謂人生有起有落，請加油！

絶望(ぜつぼう)しないでください、沈(しず)む瀬(せ)あれば浮(う)かぶ瀬(せ)ありですから、いいことは必(かなら)ず来(き)ます。

先別絕望，人生自是有起有落，好事一定會到來的。

身（み）を捨（す）ててこそ浮（う）かぶ瀬（せ）もあれ

置死地而後生

解釋

按照字面意思是「就是因為犧牲才有出頭之日」。

同義詞

死中（しちゅう）に活（かつ）を求（もと）める

皮（かわ）を切（き）らせて肉（にく）を切（き）り、肉（にく）を切（き）らせて骨（ほね）を切（き）る

例句

会社（かいしゃ）が破産（はさん）した時（とき）、もう駄目（だめ）かと思（おも）ったけど、身（み）を捨（す）ててこそ浮（う）かぶ瀬（せ）もあれという決心（けっしん）で、小（ちい）さい頃（ころ）の夢（ゆめ）だったのケーキ職人（しょくにん）になった。

公司破產時覺得或許就到此為止了吧，但抱著置死地而後生的決心，成為了兒時夢想的蛋糕師傅。

memo

自動詞 受(う)かる 他動詞 受(う)ける

与(あた)えるは受(う)けるより幸(さいわ)いなり

施比受有福

解釋

擁有比較多的人才能幫助別人，所以能幫助別人的人要比接受幫助的人幸福。

例句

小(ちい)さい頃(ころ)、よくお母(かあ)さんから「与(あた)えるは受(う)けるより幸(さいわ)いなり」と言(い)われていたが、その意味(いみ)が今(いま)になって、やっと分(わ)かった。

小時候常聽媽媽說「施比受有福」，現在終於明白它的意思了。

memo

自動詞 埋まる 他動詞 埋める

骨を埋める

待一輩子

解釋

在某地或某公司待一輩子。

同義詞

身を捧げる

例句

彼女は、海外で自分の語学力を生かしたいと思っていたので、日本の企業で骨を埋めるつもりはなかった。

她希望能到國外磨練語文能力，並不打算在日本的企業待一輩子。

会社への不満は山ほどあるが、この年齢になって、転職は厳しいだろうから、今の会社で骨を埋める覚悟で頑張ることにした。

雖然對公司有一堆抱怨，但以現在的年齡要換工作太過困難，所以抱著在這公司待一輩子的覺悟繼續加油。

五十年前三輪さんはお医者さんとしてこの土地に骨を埋める覚悟でやってきました。

五十年前三輪先生以一名醫師的身分，抱著要在這片土地終其一生的覺悟來到了這裡。

自動詞 移る（うつる） 他動詞 移す（うつす）

情が移る（じょうがうつる）

產生感情

解釋

逐漸產生感情。

同義詞

情がわく（じょう）

情が芽生える（じょう、めば）

例句

捨て猫と目が合ってしまい、情が移ったので、家に連れて帰ることになってしまった。

和被棄養的貓不小心視線相對產生了感情，就把牠帶回家了。

最初から下心があったわけではなく、頼られて相談に乗っているうちに、おのずと情が移ったのです。

一開始並沒這樣想，但在提供諮詢過程中，慢慢地喜歡上了。

俎上の魚江海に移る（そじょうのうおこうかいにうつる）

大難不死

解釋

形容歷經極大危險而倖存。

例句

山で道に迷った彼は、救助隊員に救助されて、俎上の魚江海に移った。

在山上迷路而被救援人員救助的他，真可說是大難不死。

愚公、山を移す

愚公移山

解釋

不論多麼困難的事情，只要堅定信念努力下去，終有一天會成功。

同義詞

雨垂れ石を穿つ

金輪際の玉も拾えば尽きる

点滴石を穿つ

ローマは一日にして成らず

例句

毎日、毎日、休まずピアノの練習をしたおかげで、愚公が山を移すように、不可能と言われたコンクールに入賞できた。

每天都在練習，沒有一天休息，就像愚公移山那樣，在不被看好的比賽中得獎了。

英語(えいご)が苦手(にがて)だったが、愚公(ぐこう)、山(やま)を移(うつ)すの気持(きも)ちで毎日(まいにち)、英語(えいご)だけで話(はな)す時間(じかん)を少(すこ)しずつ作(つく)ったら、今(いま)では英語(えいご)だけで仕事(しごと)をしている。

本來不太會說英文，但抱著愚公移山的決心養成每天用一點時間練習說英文的習慣，現在可以用全英文工作。

自動詞 生(う)まれる 他動詞 生(う)む

口(くち)から先(さき)に生(う)まれる

能說會道、話匣子

解釋

形容一個人非常愛講話，老是說個不停。

同義詞

口(くち)では大阪(おおさか)の城(しろ)も立(た)つ

口(くち)がうまい

顎(あご)から先(さき)に生(う)まれる

例句

あの子(こ)は四六時中(しろくじちゅう)、ペラペラとよく喋(しゃべ)っているが、口(くち)から先(さき)に生(う)まれたようだ。

那個孩子二十四小時都說個不停，非常愛講話。

彼女(かのじょ)は黙(だま)っていればとてもかわいいのに、口(くち)を開(あ)けると、口(くち)から先(さき)に生(う)まれたように、話(はなし)がなかなか止(と)まらない。

她不說話的時候很可愛，但只要開了口，就像一個話匣子，說不停。

生(う)まれながらの長老(ちょうろう)なし

人不是天生就萬能的

解釋

人不是生來就什麼都會，必須經歷過磨練與修練才能成為一個優秀的人。

同義詞

生(う)まれながら貴(とうと)き者(もの)なし

例句

すぐに自転車(じてんしゃ)に乗(の)ることはできなくても恥(は)ずかしいことじゃない、生(う)まれながらの長老(ちょうろう)なし、あきらめずに練習(れんしゅう)を続(つづ)けよう。

無法很快學會騎腳踏車也不必感到羞恥，人並非天生萬能，不放棄繼續練習吧！

誰(だれ)しもオムツを着(つ)けていた赤(あか)ちゃんだった。生(う)まれながらの長老(ちょうろう)なし、努力(どりょく)次第(しだい)で君(きみ)は輝(かがや)く。

每個人都曾是穿著尿布的嬰兒，並非天生就萬能，只要願意努力就能大放異彩。

生(う)まれたあとの早(はや)め薬(ぐすり)

為時已晚

解釋

原意是嬰兒出生了才吃催產藥，表示錯過最佳時機，就無法達到應有的成效。

同義詞

喧嘩(けんか)過(す)ぎての棒乳切(ぼうちぎ)り

火事(かじ)あとの火(ひ)の用心(ようじん)

葬式(そうしき)済(す)んでの医者(いしゃ)話(ばなし)

例句

あの有名(ゆうめい)なレストランは予約(よやく)しないと席(せき)が取(と)れないと言(い)ったのに、どうして忘(わす)れたの、今(いま)はもう生(う)まれたあとの早(はや)め薬(ぐすり)だよ。

說了那間有名的餐廳不預訂是沒位子的，為什麼忘了，現在已經來不及了。

memo

男猫が子を生む（おとこねこがこをうむ）

烏頭白馬生角

解釋

字面意思為公貓生小貓，比喻不可能發生的事。

同義詞

川の石星となる（かわのいしほしとなる）

枯れ木に花（かれきにはな）

例句

彼は、男猫が子を生むような話をいつもするので、誰も彼の話を信じなくなった。

他老說一些不可能發生的事，所以大家已經不相信他說的話了。

鳶が鷹を生む（とびがたかをうむ）

雞窩裡飛出金鳳凰；青出於藍

解釋

表示小孩比父母優秀或弟子勝於老師、後輩優於前輩。

同義詞

青は藍より出でて藍より青し（あおはあいよりいでてあいよりあおし）

氷は水より出でて水よりも寒し（こおりはみずよりいでてみずよりもさむし）

例句

あの出来(でき)の悪(わる)かった弟(おとうと)から、医者志望(いしゃしぼう)の娘(むすめ)が生(う)まれるだなんて、鳶(とび)が鷹(たか)を生(う)むだね。

沒出息的弟弟竟然生出一個想當醫生的女兒，真是雞窩裡飛出金鳳凰。

鳶(とび)が鷹(たか)を生(う)むことはあまり期待(きたい)できないから、子供(こども)の教育(きょういく)は小(ちい)さいうちからしっかりしていこう。

對雞窩裡飛出金鳳凰這種說法不抱期待，所以從小開始就特別重視孩子的教育。

自動詞 売(う)れる　他動詞 売(う)る

顔(かお)が売(う)れる

有名氣

解釋

有名，大家都認識。

同義詞

顔(かお)が広(ひろ)い

名(な)を成(な)す

名(な)が売(う)れる

例句

あの歌手(かしゅ)は新(あたら)しい歌(うた)が人気(にんき)のドラマに使(つか)われたおかげで顔(かお)が売(う)れている。

那位歌手的新曲因為被受歡迎的連續劇使用，所以變得很有名。

おじいちゃんは、町会長(まちかいちょう)をしているので近所(きんじょ)で顔(かお)が売(う)れている。

爺爺因為是區會長，所以在街坊鄰居之間非常有名。

油（あぶら）を売（う）る

打混摸魚

解釋

江戶時代，販售髮油的商人喜歡跟婦女邊聊八卦邊販售商品，故用來表示喜歡講一些無用的話，疏忽了工作的狀況。

同義詞

道草（みちくさ）を食（く）う

例句

書類（しょるい）を届（とど）けるだけなのに、なぜこんな時間（じかん）までかかるんだ？一体君（いったいきみ）はどこで油（あぶら）を売（う）っていたんだ？

不過是去送個文件，怎麼花這麼久的時間？你到底去哪裡摸魚了？

油（あぶら）を売（う）ってばかりの彼（かれ）は遂（つい）に会社（かいしゃ）から解雇（かいこ）されてしまった。

總是在混水摸魚的他，終於被公司給解僱了。

羊頭（ようとう）を懸（か）けて狗肉（くにく）を売（う）る

掛羊頭賣狗肉

解釋

比喻表裡不一，欺騙蒙混。

同義詞

看板倒（かんばんだお）れ

看板（かんばん）に偽（いつわ）りあり

牛首を懸けて馬肉を売る

例句

あの店には行っても仕方ないよ。羊頭を懸けて狗肉を売るようなことばかりするからね。

就算去那間店也沒用，因為那是間掛羊頭賣狗肉的店。

セールの広告につられて出かけたが、羊頭を懸けて狗肉を売るような目にあった。

被促銷廣告所吸引而出門逛街，但卻碰上掛羊頭賣狗肉的騙局。

memo

自動詞 植(う)わる 他動詞 植(う)える

紅(くれない)は園生(そのう)に植(う)えても隠(かく)れなし

優秀的人在什麼地方都很顯眼

解釋

字面上的意思為花園所種的紅花，美得藏也藏不住。指優秀的人物或好東西是藏不住的。

同義詞

錐(きり)の嚢中(のうちゅう)に処(お)るが如(ごと)し

例句

身体能力(しんたいのうりょく)が優(すぐ)れている人(ひと)は、紅(くれない)は園生(そのう)に植(う)えても隠(かく)れなしで、どのスポーツをやっても目立(めだ)つものだ。

體能好的人是隱藏不了自身光芒的，不管從事什麼運動都很亮眼。

東大(とうだい)の出身者(しゅっしんしゃ)は、普通(ふつう)のアルバイトをしても、紅(くれない)は園生(そのう)に植(う)えても隠(かく)れなしもので、何(なん)だかんだと目立(めだ)ってしまう。

畢業於東大的人，就算是一般的打工也隱藏不了其光芒，處處都亮眼。

自 動詞

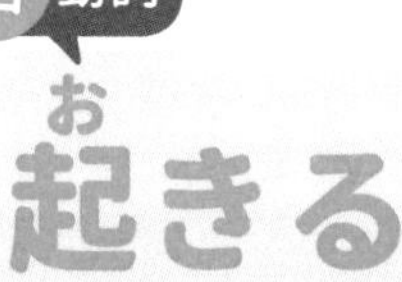

1. 起床、起來
2. 發生

1 | 用於人表示起床，用於具體的東西表示立起、起來
2 | 用於抽象表示發生了某事

1-1 | 子供(こども)がもう起(お)きた。
孩子已經起床了。

1-2 | 昨日(きのう)の風(かぜ)で倒(たお)れた枝(えだ)がいつの間(ま)にか起(お)きた。
昨日被風刮倒的樹枝，不知什麼時候又活了起來。

2 | 騒動(そうどう)が起(お)きた。
引起了騷動。

1. 叫醒、扶起
2. 引起
3. 掀起

1 | 將人叫醒、將東西扶起
2 | 引起…事情
3 | 掀起、翻起某種東西

1-1 | 寝（ね）ている子供（こども）を起（お）こす。
把在睡覺的孩子叫起來。

1-2 | 大風（おおかぜ）で倒（たお）れた木（き）を起（お）こした。
大風把倒下的樹颳了起來。

2 | 車（くるま）は大変（たいへん）な事故（じこ）を起（お）こした。
造成了一起嚴重車禍事故。

3-1 | 大（おお）きな石（いし）を起（お）こす。
掀起一個大石頭。

3-2 | 畑（はたけ）の土（つち）を起（お）こす。
翻起田裡的土。

自動詞

おそ
教わる

1. 學習、受教於…
2. 問、請教

1 | Ⓐは Ⓑに（或『について』、『から』）Ⓒを教わる，表示Ⓐ跟Ⓑ學習Ⓒ，或受教於Ⓑ

2 | 同樣用Ⓐは Ⓑに（或『について』、『から』）Ⓒを教わる，表示Ⓐ問了、請教了Ⓑ關於Ⓒ這件事

1-1 | 私（わたし）たちは二三人（にさんにん）の先生（せんせい）に日本語（にほんご）を教（おそ）わっている。
我們跟兩三位老師學日語。

1-2 | あの人（ひと）なら安心（あんしん）して教（おそ）われます。
如果是那個人的話，可以放心跟他學。

2 | あるじいさんに郵便局（ゆうびんきょく）への行（い）く道（みち）を教（おそ）わりました。
我向一位老爺爺請教了去郵局的路。

1. 教
2. 告訴、指點

1 | Ⓑは Ⓐに Ⓒを教える，Ⓑ教Ⓐ某種知識、技術

2 | 同樣用Ⓑは Ⓐに Ⓒを教える，Ⓑ告訴、指點Ⓐ道路、方向Ⓒ等

1-1 | **日本語(にほんご)を教(おし)える先生(せんせい)は三人(さんにん)もいる。**

教日語的老師有三個人。

1-2 | **私(わたし)は外国人(がいこくじん)の学生(がくせい)を教(おし)えている。**

我在教外國學生。

2 | **すみませんが、郵便局(ゆうびんきょく)への道(みち)を教(おし)えてくださいませんか。**

能告訴我郵局怎麼走嗎？

自動詞

お落ちる

1. 掉落　3. 脱落　5. 落選
2. 漏掉　4. 下降

1｜人或物從高的地方掉落
2｜文字等從文章中漏掉
3｜東西的某一部分從整體上掉下、脫落
4｜速度、事物的程度等下降（抽象）
5｜落選

1-1｜飛行機(ひこうき)が落(お)ちた。
飛機墜毀了。

1-2｜コップが机(つくえ)から落(お)ちた。
玻璃杯從桌子上掉下來了。

1-3｜廊下(ろうか)に紙屑(かみくず)が落(お)ちている。
走廊上散落著廢紙。

2｜名簿(めいぼ)から彼(かれ)の名前(なまえ)が落(お)ちた。
名單上漏了他的名字。

3｜服(ふく)の色(いろ)が落(お)ちた。
衣服褪色了。

4｜値段(ねだん)が同(おな)じだが、品(しな)が落(お)ちたようだ。
價錢一樣，可是品質卻變差了。

5｜勉強(べんきょう)しなかったので、とうとう入学試験(にゅうがくしけん)に落(お)ちた。
由於沒有用功，終究沒考上。

1. 弄掉　3. 弄下　5. 使…落選
2. 將…漏掉　4. 降低

1 | 有意識地把某種東西從高的地方弄掉、碰掉
2 | 將某些文字等漏掉
3 | 將某種東西從整體上弄下
4 | 減少、降低（抽象）
5 | 使某人落選

1-1 | ちょっとした不注意でコップを床に落とした。
稍一不注意，就把玻璃杯碰掉在地上了。

1-2 | 見事に敵の飛行機を落とした。
很巧妙地擊落了敵機。

2 | 私はみんなの名前を呼ぶとき、彼の名前を落とした。
我在呼喊大家的時候，漏叫了他的名字。

3 | 泥を落とす。
把泥沙弄掉。

4 | 値段を少し落とさないと売れない。
不把價格降低一些，會賣不出去。

5 | 五十点しか取れなかったから、彼を落としてしまった。
他只得了五十分，所以沒有錄取他。

(他)「落とす」也有表示「弄丟」的意思，這時是無意識的動作。而(自)「落ちる」則沒有與之相對應的用法，因此下面兩個句子換用時意義是不同的，大家可以比較看看。

1.

(他)途中(とちゅう)で財布(さいふ)を落(お)とした。　在路上弄丟了錢包。

(自)財布(さいふ)が途中(とちゅう)で落(お)ちた。　錢包掉在半路上了。

2.

(他)落(お)とした時計(とけい)が見(み)つかった。　遺失的手錶找到了。

(自)落(お)ちた時計(とけい)が見(み)つかった。　找到了遺失的手錶。

值得注意的是，下列句子可以用(自)「落ちる」，而不能用(他)「落とす」唷。

✔ペンキが落(お)ちる。　✘ペンキを落とす。　掉漆。

✔ボタンが落(お)ちる。　✘ボタンを落とす。　鈕扣掉了。

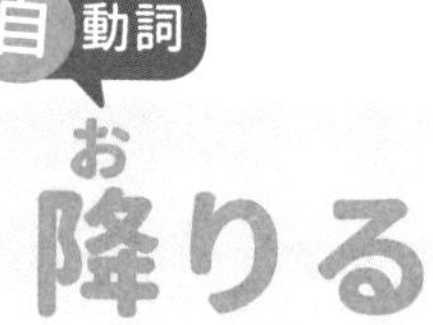

降(お)りる

1. 往下
2. 下來

1｜人或東西從高的地方往下

2｜從交通工具上下來

1｜二階(にかい)から一階(いっかい)に降(お)りる。

從二樓下到一樓。

2｜バスを降(お)りる。

下公車。

1. 將…放下、拿下
2. 讓…下來

1 | 將某物從高處降下、拿下等
2 | 讓人從交通工具上下來或把東西從交通工具上卸下

1 | 二階（にかい）の机（つくえ）を一階（いっかい）へ降（お）ろした。
把二樓的桌子搬到樓下來了。

2-1 | バスは停留所（ていりゅうじょ）で客（きゃく）を降（お）ろしています。
公車停在車站，讓乘客下車。

2-2 | 荷馬車（にばしゃ）から荷物（にもつ）を降（お）ろす。
從馬車上卸下行李。

自動詞

折(お)れる

1. 斷
2. 折著、疊著
3.…往某一方向彎去

1｜細長的東西斷、折斷
2｜薄的東西折著、疊著
3｜道路、河流等往某一方向彎去（地理方面）

1｜木(き)の枝(えだ)が大風(おおかぜ)で折(お)れた。
樹枝被大風颳斷了。

2｜本(ほん)のページが折(お)れている。
書頁折著。

3-1｜この道(みち)を右(みぎ)に折(お)れると、郵便局(ゆうびんきょく)があります。
順著這條路向右拐，那裡有一個郵局。

3-2｜M市(し)を境(さかい)に川(かわ)は大(おお)きく西(にし)に折(お)れている。
這條河以M市為界，拐個大彎向西流去。

1. 弄斷、折斷
2. 折起、疊起

1 | 將細長的東西弄斷、折斷

2 | 將薄的東西折起、疊起

1 | 公園(こうえん)の木(き)の枝(えだ)や花(はな)を折(お)ってはいけない。

不要攀折公園裡的樹木、花草！

2 | 折紙(おりがみ)を折(お)る。

摺紙。

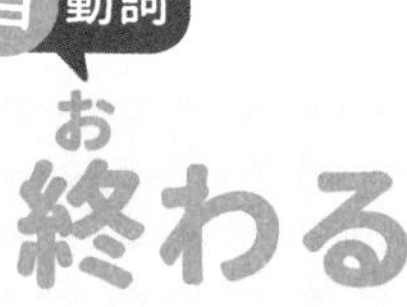

終(お)わる　終了、完了

事情、某一期間的終了、完了的狀態

1-1 | **試験(しけん)が終(お)わったら故郷(ふるさと)へ帰(かえ)るつもりです。**

我打算考試結束後，就回老家去。

1-2 | **長(なが)い冬(ふゆ)が終(お)わった。**

漫長的冬天過完了。

使…結束

> 使持續性的事情結束

1-1 | 試験（しけん）を終（お）えたら、故郷（ふるさと）へ帰（かえ）るつもりです。
考完試了之後，我打算回老家去。

1-2 | 早（はや）く仕事（しごと）を終（お）えて帰（かえ）りたいものです。
我想早一點完成工作回家。

自動詞 起(お)きる 他動詞 起(お)こす

愛想尽(あいそづ)かしも金(かね)から起(お)きる

緣斷起於金錢

解釋

情侶、夫妻感情轉淡的原因大多起於金錢問題。

同義詞

金(かね)の切(き)れ目(め)が縁(えん)の切(き)れ目(め)

例句

愛想尽(あいそづ)かしも金(かね)から起(お)きるというように、貯金(ちょきん)がなくなった途端(とたん)彼女(かのじょ)は僕(ぼく)から離(はな)れていきました。

人說緣斷起於金錢，當我戶頭沒了錢女朋友就離我而去了。

愛想尽(あいそづ)かしも金(かね)から起(お)きるというから、彼女(かのじょ)を失(うしな)わないために仕事(しごと)を頑張(がんば)ろう。

緣斷起於金錢，為了不要失去女友努力地工作吧。

子(ね)に臥(ふ)し寅(とら)に起(お)きる

夙興夜寐、起早貪黑

解釋

子時（上午零時）才入睡，寅時（上午四點）就起床，形容勤奮努力。

例句

彼(かれ)は国家試験(こっかしけん)を受(う)けようと決心(けっしん)したから、毎日(まいにち)子(ね)に臥(ふ)し寅(とら)に起(お)き、勉強(べんきょう)している。

他下定決心要考國家考試，每天起早貪黑在讀書。

寝(ね)た子(こ)を起(お)こす

無事生非、沒事找事

解釋

把睡覺的小孩吵醒的話，那事情就麻煩了，意思就是「無事生非、沒事找事」。

同義詞

平地(へいち)に波瀾(はらん)を起(お)こす

知恵(ちえ)ない神(かみ)に知恵(ちえ)付(つ)ける

例句

本人(ほんにん)たちが納得(なっとく)したのに、寝(ね)た子(こ)を起(お)こすようなことを何故(なぜ)するのだ。

明明當事人都接受了，為何還要沒事找事呢？

やっと彼氏と仲直りしたのに寝た子を起こすような事は言わないでよ。

好不容易才跟男朋友和好了，別再說一些無事生非的話了。

自棄を起こす

自暴自棄

解釋

事情不如意而自我放棄，不求上進。

同義詞

自暴自棄になる

例句

自棄を起こして、彼は大切に使っていた急須を壁に投げつけた。

他自暴自棄把自己最珍貴的茶壺仍向牆壁。

memo

自動詞 教(おそ)わる　他動詞 教(おし)える

猟(りょう)は鳥(とり)が教(おし)える

從實務中學習

解釋

字面意思是狩獵乃在追捕鳥的過程中學習其技巧的。表示任何事物都是在實際操作當中學會並且牢記。

例句

どんな難(むずか)しい仕事(しごと)でも、猟(りょう)は鳥(とり)が教(おし)えると言(い)いますし、すぐ覚(おぼ)えられますよ。

再怎麼困難的工作，只要親自實際操作馬上就能上手的。

自動詞 落ちる 他動詞 落とす

顎が落ちる

非常好吃

解釋

形容東西非常好吃，好吃到連下巴都要掉下來了。

同義詞

ほっぺたが落ちる

例句

彼女の料理は、顎が落ちるほどおいしいんだ。

女朋友煮的菜好吃到連下巴都要掉下來了。

一度でいいから、顎が落ちるほどおいしいフレンチを、お腹一杯に食べてみたい。

一次也好，希望能吃美味的法國菜吃到撐。

猿も木から落ちる

人有失足，馬有亂蹄

解釋

猴子很會爬樹，但還是會不小心從樹上掉下來，比喻辦事免不了偶生差錯。

同義詞

河童の川流れ

弘法(こうぼう)にも筆(ふで)の誤(あやま)り

孔子(くじ)の倒(たお)れ

上手(じょうず)の手(て)から水(みず)が漏(も)る

千慮(せんりょ)の一失(いっしつ)

例句

こんなに簡単(かんたん)な問題(もんだい)を間違(まちが)えるなんて、猿(さる)も木(き)から落(お)ちるだね。

這麼簡單的問題竟然錯了，真的是人有失足，馬有亂蹄呀！

料理上手(りょうりじょうず)な君(きみ)が味付(あじつ)けを失敗(しっぱい)するなんて、猿(さる)も木(き)から落(お)ちるんだね。

擅長烹飪的你竟然調味失敗，果真是人有失足，馬有亂蹄呀！

飛(と)ぶ鳥(とり)を落(お)とす勢(いきお)い

權勢極大、勢如破竹

解釋

連天上飛的鳥都會嚇到掉下來，比喻權勢極大。

同義詞

破竹(はちく)の勢(いきお)い

昇竜(しょうりゅう)の勢(いきお)い

向(む)かうところ敵(てき)なし

例句

あの俳優は飛ぶ鳥を落とす勢いで売れてきているが、その先も続くのか不安だ。

那位演員以破竹之勢大賣，但不知道是否能持續下去，真令人感到不安。

今年こそ飛ぶ鳥を落とす勢いで躍進していきたいと思い、まずは資格を取ろうと思った。

今年要勢如破竹地飛躍發展，但首先要先取得資格才行。

気を落とす

沮喪

解釋

失望。

同義詞

がっかりする

例句

大学受験に失敗し、気を落としている。

大學考試落榜，感到非常沮喪。

気を落とさずに次の試合を頑張ろう。

不要感到沮喪，下次的比賽再繼續加油吧！

自動詞 折(お)れる 他動詞 折(お)る

気骨(きぼね)が折(お)れる

精神疲勞

解釋

要注意的細節太多而搞得神經衰弱。

同義詞

骨(ほね)が折(お)れる

例句

こちらから何(なに)を言(い)っても、すべて馬耳東風(ばじとうふう)で、あんな相手(あいて)では、あなたも気骨(きぼね)が折(お)れることでしょう。

不管跟他說什麼全都像是馬耳東風，遇到那樣的人真的會很心累。

陰(かげ)に居(い)て枝(えだ)を折(お)る

忘恩負義

解釋

在樹蔭下乘涼的人折斷樹蔭的樹枝，比喻傷害照顧自己的人。

同義詞

恩(おん)を仇(あだ)で返(かえ)す

後足(あとあし)で砂(すな)を掛(か)ける

例句

あれだけ親身(しんみ)になって相談(そうだん)にのり、経済的(けいざいてき)にも援助(えんじょ)していたのに……。陰(かげ)に居(い)て枝(えだ)を折(お)るようなことをされた兄(あに)がかわいそうだ。

把他當作親人看待，在經濟方面也提供協助……。但哥哥最後卻被他恩將仇報，真是太可憐了。

桜(さくら)折(お)る馬鹿(ばか)、柿(かき)折(お)らぬ馬鹿(ばか)

世事不一，因事制宜

解釋

折斷櫻花的樹枝，花朵會枯萎。但用利刃將柿子樹多餘的樹枝砍去，就會結實累累。

同義詞

梅(うめ)は伐(き)れ、桜(さくら)は伐(き)るな

桃(もも)を切(き)る馬鹿(ばか)、梅(うめ)切(き)らぬ馬鹿(ばか)

例句

桜(さくら)折(お)る馬鹿(ばか)、柿(かき)折(お)らぬ馬鹿(ばか)という言葉(ことば)が、植物(しょくぶつ)に水(みず)をあげすぎて、枯(か)らしてしまう私(わたし)の胸(むね)に突(つ)き刺(さ)さった。

世事不一，因事制宜這句話，深深刺痛澆太多水而讓植物死掉的我的內心。

自動詞 終わる 他動詞 終える

空振りに終わる

白做

解釋

「空振り」是揮棒落空的意思，字面是在揮棒落空的狀況下比賽結束，表示白費力氣。

同義詞

徒労に終わる

無駄骨になる

例句

半年準備した計画は空振りに終わって、とても悔しい。

準備了半年的計畫竟然都白做了，真令人懊惱。

不発に終わる

告吹

解釋

字面意思為子彈沒有發射出去，或彈藥沒有引爆。意指事情、計劃等中途發生變更而取消或失敗了。

同義詞

読みがはずれる

狙いがはずれる

読（よ）みが当（あ）たらない

期待（きたい）はずれに終（お）わる

例句

ストライキは不発（ふはつ）に終（お）わる。

罷工告吹了。

memo

自動詞

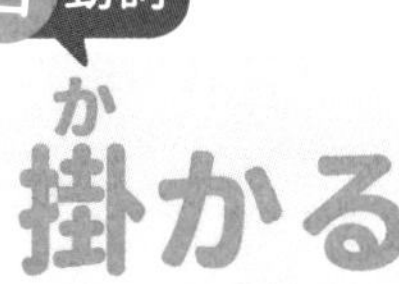

1. 被掛著　　3.（電話）打來
2. 架著

1 | 某物掛在另一個東西的上面
2 | 某物上面放著、架著另一個東西
3 | （電話）打來

1 | 絵(え)が壁(かべ)に掛(か)かっている。
畫被掛在牆上。

2 | 川(かわ)には橋(はし)が掛(か)かっている。
河上架著橋。

3 | あなたの友達(ともだち)から電話(でんわ)が掛(か)かってきた。
你朋友打電話過來了。

1. 掛
2. 架
3. 打（電話）

1 | 有意識地將某物掛在另一個東西的上面

2 | 有意識地將某物放、架在另一個東西上

3 | 打（電話）

1 | **絵(え)を壁(かべ)に掛(か)ける。**

把畫掛在牆上。

2 | **川(かわ)に橋(はし)を掛(か)ける。**

在河上架橋。

3 | **友達(ともだち)に電話(でんわ)を掛(か)けた。**

給朋友打了電話。

自動詞

隠(かく)れる　隱藏、藏在…

某東西隱藏、藏在某處

1-1 月(つき)が雲(くも)に隠(かく)れてしまった。
月亮藏進雲裡了。

1-2 身(み)が隠(かく)れるところがない。
沒有藏身之處。

另外，用「隠れた＋體言Ⓐ」的句型，表示「不爲人知的Ⓐ、無名的Ⓐ」。㊀「隠す」是沒有此用法的，但其實只要理解其意，就不怕會用錯囉！

彼(かれ)は隠(かく)れた英雄(えいゆう)だ。
他是位無名英雄。

この仕事(しごと)を始(はじ)めてから、彼(かれ)の隠(かく)れた才能(さいのう)が現(あらわ)れた。
開始這個工作以後，他不為人知的才能才顯露了出來。

藏、隱藏

將某東西藏在某處

1-1 月(つき)が雲(くも)に姿(すがた)を隠(かく)した。

月亮（將自己）隱藏在雲裡了。

1-2 物影(ものかげ)に身(み)を隠(かく)してじっと様子(ようす)を伺(うかが)った。

藏身在隱密處，一動也不動地觀察著。

自動詞

乾く

乾、變乾

乾、變乾、乾燥等等狀態

1-1 | 夏は洗濯物がよく乾きます。

夏天衣服容易曬乾。

1-2 | インキが乾いていないから気をつけなさい。

鋼筆墨水還沒乾請注意。

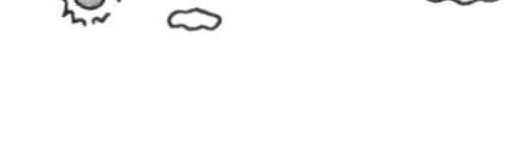

慣用語形式，用「喉がかわく」表示「口渴」。

喉が乾いたら、冷蔵庫の中の冷たい飲み物をお飲みなさい。

口渴的話，可以喝冰箱裡的冷飲。

由於使用「使…口渴」的情況是很少的，因此一般不說✘「喉を乾かす」。

使…變乾

曬乾、吹乾、烤乾等等

1-1 | 雨(あめ)に濡(ぬ)れた洋服(ようふく)をストーブの火(ひ)で乾(かわ)かす。
用暖爐把被雨淋濕的衣服烘乾。

1-2 | 大根(だいこん)を日陰(ひかげ)に干(ほ)して乾(かわ)かします。
把蘿蔔放在陰暗處晾乾。

自動詞

変わる　變、變成…

…變成…

1-1 | 私がそう言うと、彼は突然顔色が変わった。

我這麼一說，他的臉色就突然變了。

1-2 | 穏やかな天気が急に嵐と変わった。

穩定的天氣瞬間狂風暴雨。

用「変わった＋體言」、「変わっている＋體言」句型，表示「和普通不同的」，可譯作「奇怪的、出奇的、不普通的、與衆不同的」。

変わった人だね。挨拶をしても黙っている。

真是個怪人，跟他打招呼也不理。

改變

把…變成…

1-1 | それを聞(き)いて彼(かれ)は顔色(かおいろ)まで変(か)えた。

聽聞此事，他臉色都變了。

1-2 | 六月(ろくがつ)に入(はい)ってから服(ふく)を夏服(なつふく)に変(か)える。

進入六月以後改穿夏服。

代(か)わる　代、代替

Ⓑは Ⓐに代わる，表示某人、某物Ⓑ代替另外的人、物品Ⓐ

1-1 | （私(わたし)が）父(ちち)に代(か)わってご挨拶申(あいさつもう)し上(あ)げます。
我代父親講幾句話。

1-2 | （私(わたし)が）社長(しゃちょう)に代(か)わってお話(はなし)をお伺(うかが)いいたしましょう。
我代社長請教您的意見。

1-3 | ナイロンは絹(きぬ)に代(か)わる新(あたら)しい繊維(せんい)です。
尼龍是代替蠶絲的新纖維。

代替、替換

ⒷをⒶに換える，表示用某種東西Ⓑ代替、替換另一種東西Ⓐ，或把Ⓑ換成Ⓐ

1-1 | 書面（しょめん）をもってご挨拶（あいさつ）に代（か）えます。

用書信代為問候。

1-2 | 一万円札（いちまんえんさつ）を千円札（せんえんさつ）に替（か）えてください。

請把這一萬日圓的鈔票找開成一千日圓的。

1-3 | 窓（まど）を開（あ）けて空気（くうき）を換（か）えなさい。

請打開窗子讓空氣流通。

㊀「かえる」的漢字有三種寫法：「代える」、「替える」、「換える」。

- 「代える」一詞有「讓另外的東西代替某物的職能」的意思，像是「代理、代替」。
- 「替える」一詞有「某樣東西沒有後，用另外的東西代替前者」的意思，像是「更換、交替、輪流」等等。
- 「換える」一詞有「更換物品」的意思，「換」字的詞語有「交換、交易、變賣、換氣」等等意思。

自動詞 掛かる 他動詞 掛ける

気に掛かる

對～擔心、放不下心

解釋

指對某人某事不放心。

同義詞

気に掛ける

気にする

気になる

例句

彼女の病気が気に掛かる。

很擔心女朋友的病情。

口が掛かる

被聘請去做某事、被邀請

解釋

藝人等接受客人的邀請。或是接受工作的委託。

同義詞

声が掛かる

口を掛ける

例句

人数が足りないので、土曜日が空いているなら、バイトに入ってくれないかと口が掛かった。

因為人手不夠，被詢問如果星期六有空，能否排班打工。

追い打ちを掛ける

窮追猛打；緊接著又發生不幸

解釋

對敗者或弱者再加以攻擊。

同義詞

とどめを刺す

泣き面に蜂

例句

不景気なのに追い打ちを掛けるように物価が高くなる。

已經不景氣了，物價又上揚，真是雪上加霜。

仕事でミスをして意気消沈していると上司が追い打ちを掛けるようなことを言った。

工作犯錯已經讓我很沮喪了，主管竟又說一些讓我更難過的話。

山（やま）を掛（か）ける

猜題、押寶

解釋

集中投入勞力、資金開採某一座看起來有金礦、銀礦的山。指不確定性高、風險很大的賭注行為。通常用於考前猜題。

同義詞

山（やま）を張（は）る

例句

スーパーでこのレジに並（なら）べば一番早（いちばんはや）いはずと山（やま）を掛（か）けたが、一番遅（いちばんおそ）かった。

在超市選了一排應該是最快的櫃檯排隊結帳，沒想到卻是最慢的。

memo

自動詞 隠(かく)れる　他動詞 隠(かく)す

色(いろ)の白(しろ)いは七難隠(しちなんかく)す

一白遮三醜

解釋

只要膚色白，長得就算不完美也沒關係。

同義詞

髪(かみ)の長(なが)いは七難隠(しちなんかく)す

卵(たまご)に目(め)鼻(はな)

例句

色(いろ)の白(しろ)いは七難隠(しちなんかく)すというが、彼女(かのじょ)はとびきり目(め)鼻(はな)立(だ)ちがよいわけではないのに綺麗(きれい)に見(み)える。

可能是一白遮三醜吧，她的五官並不立體，但看起來卻很漂亮。

隠(かく)すより現(あらわ)る

欲蓋彌彰

解釋

愈是想要隱瞞的事，就愈容易被發現。

同義詞

隠(かく)れたるより見(み)るるはなし

思(おも)い内(うち)にあれば色(いろ)外(そと)に現(あらわ)る

隠(かく)す事(こと)は知(し)れ易(やす)し

例句

隠(かく)すより現(あらわ)るというが、靴下(くつした)の穴(あな)を隠(かく)すためにもぞもぞしていたら、友人(ゆうじん)に見(み)られて笑(わら)われた。

真的是欲蓋彌彰，想把襪子的破洞給遮住而坐立難安，最後還是被朋友發現取笑。

所(ところ)変(か)われば品(しな)変(か)わる

百里不同風，千里不同俗

解釋

地方不同，風俗習慣也會跟著改變。

同義詞

難波(なにわ)の葦(あし)は伊勢(いせ)の浜荻(はまおぎ)

例句

所(ところ)変(か)われば品(しな)変(か)わるので、全国(ぜんこく)へ旅行(りょこう)をするのはとても面白(おもしろ)いよ。

所謂百里不同風，千里不同俗，因此在全國四處旅行非常有趣呢。

そのハンドサインはイギリスでは相手(あいて)を侮辱(ぶじょく)する意味(いみ)らしい。所(ところ)変(か)われば品(しな)変(か)わるである。

在英國，那個手勢代表侮辱對方的意思，這就是百里不同風，千里不同俗。

移(うつ)れば変(か)わる世(よ)の習(なら)い

時移世易

解釋

隨時代變化，世事當然也會跟著變動。

同義詞

移(うつ)り変(か)わる習(なら)い

移(うつ)り変(か)わるは浮世(うきよ)の習(なら)い

例句

かつては自然(しぜん)に囲(かこ)まれていたこの場所(ばしょ)も、今(いま)ではすっかり整備(せいび)されている。移(うつ)れば変(か)わる世(よ)の習(なら)いだね。

就連過去被自然環繞的地方，現在周遭的環境也都清理好了。可說是時移世易啊。

攻守所(こうしゅところ)を変(か)える

形勢逆轉

解釋

形容攻守的立場逆轉。

同義詞

攻守所(こうしゅところ)を異(こと)にする

例句

攻守所(こうしゅところ)を変(か)えて猛反撃(もうはんげき)がはじまる。

形勢大逆轉，開始猛烈反擊。

血相(けっそう)を変(か)える

臉色大變

解釋

因太過憤怒或驚訝，臉部表情或臉色改變。

同義詞

目(め)が血走(ちばし)って

頭(あたま)に血(ち)が上(のぼ)る

青筋(あおすじ)を立(た)てる

例句

お母(かあ)さんは私(わたし)の期末試験(きまつしけん)の成績(せいせき)を見(み)て、血相(けっそう)を変(か)えてしまった。

媽媽看到我期末考的成績，氣到臉色大變。

memo

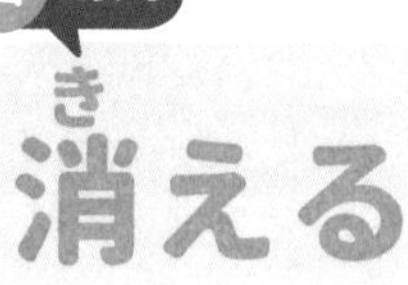

自動詞 消える（き）　消失、滅

五官感受到的某種東西、情況消失

1-1 | 突然電燈が消えて部屋は真っ暗になった。
突然電燈滅了，房間變得漆黑一片。

1-2 | 春になって山の雪が消えた。
到了春天，山上的雪都融了。

1-3 | 子供のとき住んでいた町の印象も今は消えてしまった。
對小時候住過的小鎮，現在已經完全沒了印象。

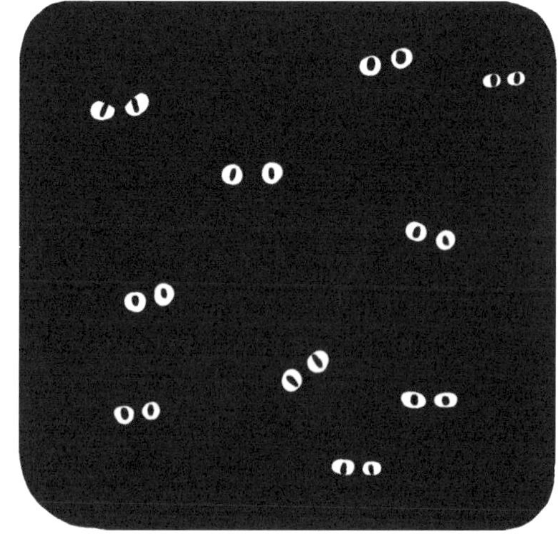

他動詞 消(け)す

弄掉

> 將五官感受到的東西弄掉、熄掉、塗掉、抹掉等

1-1 | 色(いろ)を消(け)した。
去除顏色。

1-2 | 夜(よる)寝(ね)るときに電燈(でんとう)を消(け)します。
晚上睡覺的時候要關燈。

1-3 | 間違(まちが)った字(じ)を消(け)して書(か)き直(なお)します。
把寫錯的字塗掉重新寫。

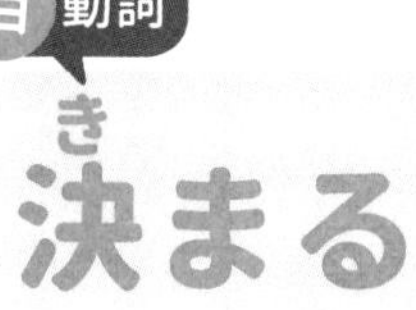

已被決定好

> 某件事或某種態度、決心等已被決定下來

1-1 | 卒業後の仕事はまだ決まっていません。
畢業後的工作還沒有確定。

1-2 | 何を食べるかまだ決まっていません。
還沒有決定要吃什麼。

決定…

決定事物或是決定態度、方針等

1-1 | 卒業後の仕事はまだ決めていません。
畢業後的工作還沒有決定。

1-2 | 何を食べるか早く決めなさい。
要吃什麼快一點決定。

1. 自「決まる」還有以下幾種句型用法，分別有不同的意思：

①「決まった＋體言」：一定、固定的

彼(かれ)には決(き)まった収入(しゅうにゅう)がある。

他有穩定的收入。

②「決まって＋用言」：一定…、肯定…

この辺(へん)は雨(あめ)が降(ふ)ると、決(き)まって大水(おおみず)になる。

這地方一下雨就一定淹水。

③「～に決まっている」慣用型：一定是如此的

薬(くすり)はまずいに決(き)まっている。

藥一定不好吃。

2. 他「決める」用「…と決めている」、「…と決めてかかる」句型，表示「認爲…」。

彼(かれ)は私(わたし)も大学(だいがく)に入(はい)れると決(き)めている。

他認為我也能上大學。

友(とも)だちは私(わたし)が水泳(すいえい)が上手(じょうず)だと決(き)めてかかるが、それは本当(ほんとう)ではない。

朋友以為我很會游泳，但其實根本不是那樣的。

memo

自動詞 消(き)える 他動詞 消(け)す

肝(きも)を消(け)す

嚇破膽；費盡心思

解釋

嚇一大跳，或是付出所有心思。

同義詞

肝(きも)を潰(つぶ)す

肝(きも)を冷(ひ)やす

魂(たましい)を消(け)す

例句

ゆうべの地震(じしん)はとても大(おお)きく、肝(きも)を消(け)し家(いえ)を飛(と)び出(だ)してしまった。

昨天晚上的地震很大，被嚇到衝出家門。

memo

自動詞 決(き)まる 他動詞 決(き)める

どろんを決(き)める

逃之夭夭

解釋

突然消失不見。「どろん」是戲劇當中，幽靈出現時所使用的效果音。

例句

彼(かれ)は三百万円(さんびゃくまんえん)の借金(しゃっきん)を残(のこ)して、どろんを決(き)めた。

他留下三百萬日圓的債務，逃之夭夭。

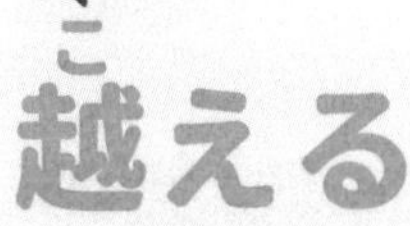

越（こ）える

1. 越過
2. 超過

1 | 越過某一場所、地點或某種東西

2 | 變化的東西超過某種程度、數字

1-1 | この前（まえ）の川（かわ）を越（こ）えると、小（ちい）さい村（むら）があります。

過了前面的河，有個小村莊。

1-2 | 難関（なんかん）を越（こ）える。

渡過難關。

2 | 参加希望者（さんかきぼうしゃ）の数（かず）は百人（ひゃくにん）を越（こ）えた。

有意願參加的人已破百。

1. 越過
2. 超過

1 | 越過某一場所、地點或某種東西

2 | 超過某種程度、數字

1-1 | この山(やま)を越(こ)すと、小(ちい)さい村(むら)があります。

過了這座山，有一座小村莊。

1-2 | 彼(かれ)はとうとう先頭(せんとう)ランナーを越(こ)してトップに立(た)った。

他終於超過了跑在前面的人，獲得了第一。

2 | 集(あつ)まった人(ひと)は二千人(にせんにん)も越(こ)したという。

據說聚集了超過兩千人。

壊れる（こわれる）

1. 壞了
2. 把錢找開

1 | 表示某種東西壞了

2 | 大鈔換成了零錢、把錢找開

1-1 | どういうわけか知（し）らないが、ラジオが壊（こわ）れた。

不知道什麼原因，收音機壞了。

1-2 | せっかくの計画（けいかく）が壊（こわ）れた。

辛辛苦苦的計畫被破壞了。

2 | 小銭（こぜに）がなくて、壊（こわ）れません。

沒有零錢找不開。

壊(こわ)す

1. 弄壞、破壞
2. 換零錢

1 | 把某種東西搞壞、弄壞、破壞

2 | 把大鈔找開、換零錢

1-1 | ちょっと不注意(ふちゅうい)でラジオを壊(こわ)した。

稍一不注意，就把收音機弄壞了。

1-2 | そんなことをすると計画(けいかく)を壊(こわ)すぞ。

那麼做會破壞計畫的。

2 | この一万円札(いちまんえんさつ)を壊(こわ)してください。

請把這一萬日圓找開。

有些㊙「壊す」的用法並沒有與之相對應的㊐「壊れる」用法，因此在使用方面需多多注意！

✔体(からだ)を壊(こわ)しますから、無理(むり)をしないでください。

✘体が壊れますから、無理をしないでください。

會搞壞身體的，請不要勉強！

✔食(た)べすぎて腹(はら)を壊(こわ)した。　吃太多把腸胃弄壞了。

✘どういうわけか腹が壊れた。

自動詞 越(こ)える 他動詞 越(こ)す

先(さき)を越(こ)す

先下手為強；早先一步

解釋

為了處於優勢，搶先別人採取行動。

同義詞

先手(せんて)を打(う)つ

機先(きせん)を制(せい)する

例句

僕(ぼく)のことを一番理解(いちばんりかい)してくれている兄(あに)は、いつも先(さき)を越(こ)して僕(ぼく)を元気(げんき)づけてくれる。

最了解我的哥哥，總是會先來鼓勵我。

今回(こんかい)の辞令(じれい)で、同期(どうき)の健太(けんた)くんに先(さき)を越(こ)されてしまい、健太(けんた)くんは課長(かちょう)に出世(しゅっせ)したのです。

這次的人事命令，同期進公司的健太搶先一步，晉升為課長了。

峠(とうげ)を越(こ)す

度過最興盛或最困難的時期

解釋

過了事物發展最為興盛的時期或者是危險期。

同義詞

山(やま)を越(こ)す

山場(やまば)を乗(の)り切(き)る

危機(きき)を乗(の)り越(こ)える

例句

病(やまい)の峠(とうげ)を越(こ)してからも、歩(ある)けるようになるまで随分時間(ずいぶんじかん)がかかった。

就算已渡過疾病的危險期，但還是花了很長的時間才有辦法走路。

嵐(あらし)が峠(とうげ)を越(こ)すまで、絶対(ぜったい)に外(そと)に出(で)てはいけません。

在暴風雨最猛烈的時期過去前，絕對不可以外出。

自動詞 壊（こわ）れる　他動詞 壊（こわ）す

体（からだ）を壊（こわ）す

把身體搞壞

解釋

太過勉強而影響到健康，生病。

同義詞

体調（たいちょう）を崩（くず）す

健康（けんこう）を損（そこ）なう

例句

「体力（たいりょく）だけは自信（じしん）がある」と毎日合（まいにちごう）コンをし、暴飲暴食（ぼういんぼうしょく）をしていた彼（かれ）。体（からだ）を壊（こわ）すことは明（あき）らかだった。

說著「我對自己的體力還是有信心的」每天都參加聯誼、暴飲暴食的他，把身體搞壞是顯而易見的事。

体（からだ）を壊（こわ）さないようにとアロマオイルでダイエットを始（はじ）め、インスタグラムに写真（しゃしん）をアップするのが、日課（にっか）になっている。

為了維持身體健康，開始精油減重，將照片上傳 IG 成為每天的工作。

memo

自 動詞

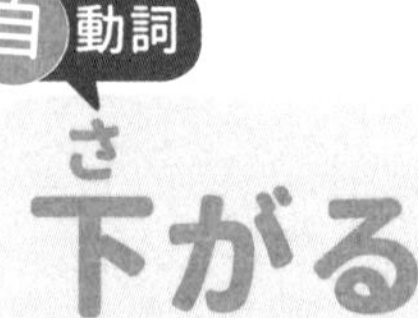

下(さ)がる

1. 垂著
2. 下降
3. 掛著
4. 後退

1 | 某物向下垂著、放著

2 | 降低、下降（抽象比喻）

3 | 掛著、垂著

4 | 向後挪、向後退

1 | 彼(かれ)の話(はなし)を聞(き)いてみんなは頭(あたま)が下(さ)がった。

聽了他說的話，大家都很欽佩。

2 | 解熱剤(げねつざい)を飲(の)んだから熱(ねつ)が下(さ)がった。

吃了退燒藥，所以燒退了。

3 | 軒(のき)には釣燈籠(つりとうろう)が下(さ)がっている。

屋簷下掛著一個燈籠。

4 | 一歩(いっぽ)下(さ)がってください。

請往後退一步。

1. 放低
2. 降下
3. 掛
4. 向後推

1 | 將某物從高處放下、放低
2 | 降下、降低（抽象比喻）
3 | 將某物掛、吊在某處
4 | 將某物向後推、往後挪，或者撤下

1 | 頭(あたま)を下(さ)げてお辞儀(じぎ)をした。
低頭行禮。

2 | 解熱剤(げねつざい)で熱(ねつ)を下(さ)げる。
用退燒藥退燒。

3 | 軒(のき)に釣燈籠(つりとうろう)を下(さ)げる。
在屋簷下掛燈籠。

4 | 椅子(いす)を後(うしろ)へ下(さ)げてください。
請把椅子往後挪。

自動詞

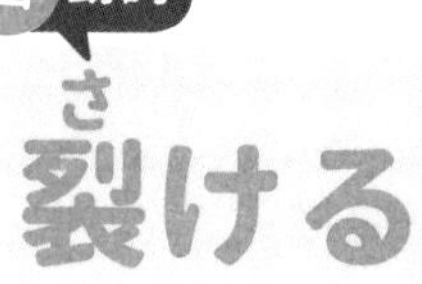

裂(さ)ける　使…被撕開、裂開

由於強大的力量，使某些薄的東西、粗的東西被撕開、裂開

1-1 消(け)しゴムで字(じ)を消(け)したら、紙(かみ)がビリビリっと裂(さ)けてしまった。

用橡皮擦擦字，把紙擦破了。

1-2 落雷(らくらい)で大木(だいぼく)が真(ま)っ二(ぷ)たつに裂(さ)けた。

遭到雷擊，大樹裂成兩半。

撕開

用力將紙、布之類薄薄的東西撕開

1-1 | 彼(かれ)は怒(おこ)って手紙(てがみ)をずたずたに裂(さ)いてしまった。

他生氣得把信撕得粉碎。

1-2 | するめを裂(さ)いて食(た)べた。

把魷魚乾撕著吃。

另外，㊀「裂く」還有：

①將雙方的關係搞壞

②分出、勻出、挪作他用

的意思，㊁「裂ける」則沒有與之相對應的用法。

① 私(わたし)は二人(ふたり)の関係(かんけい)を裂(さ)くようなことはしません。

✘二人の仲が裂けた。

我不做破壞兩人關係的事。

②小遣(こづか)いをさいて本(ほん)を買(か)った。

✘小遣いが裂けて本を買った。

挪出零用錢買書。

自動詞

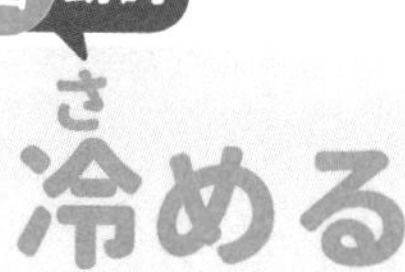

1. 變涼
2. 變淡薄

1 | 熱的東西（多是液體的、個別是固體的）變涼、變冷
2 | 興趣、感情等變得淡薄（抽象比喻）

1 | お茶(ちゃ)が冷(さ)めた。
茶涼了。

2 | 二人(ふたり)の愛情(あいじょう)は少(すこ)し冷(さ)めた。
兩人的愛情有點降溫了。

1. 使…變涼
2. 使…變淡薄

1 | 使熱的東西（多是液體的，個別是固體的）變涼、變冷，相當於放涼、冷卻

2 | 使興趣、感情等變得淡薄、下降（抽象比喻）

1 | あついスープを口（くち）で吹（ふ）いて冷（さ）ます。

用嘴把熱湯吹涼。

2 | 彼女（かのじょ）はもともとそんな女（おんな）なんだ。君（きみ）も少（すこ）し熱（ねつ）を冷（さ）ましたほうがいい。

她本來就是那樣的女人，你的熱情也該降下來了。

自動詞 下(さ)がる 他動詞 下(さ)げる

実(みの)るほど頭(あたま)の下(さ)がる稲穂(いなほ)かな

稻穗愈是豐滿，頭垂得愈低

解釋

愈是有見識的人愈謙虛和低調。

同義詞

人間(にんげん)は実(み)が入(い)れば仰(あお)ぐ菩薩(ぼさつ)は実(み)が入(い)れば俯(うつむ)く

例句

私(わたし)の座右(ざゆう)の銘(めい)は「実(みの)るほど頭(あたま)の下(さ)がる稲穂(いなほ)かな」です。どんなに成功(せいこう)しても、謙虚(けんきょ)な態度(たいど)で毎日(まいにち)を過(す)ごせるよう努力(どりょく)していきたいと思(おも)います。

我的座右銘是「稻穗愈是豐滿，頭垂得愈低」。就算成功也要抱著謙虛的態度，努力地過每一天。

溜飲(りゅういん)が下(さ)がる

內心舒暢、心情暢快

解釋

本來很鬱悶或嫉妒的心情，（在復仇後）終於舒暢了的意思。

同義詞

胸(むね)がすく

例句

彼(かれ)は先生(せんせい)が見(み)ていないところでばかりいたずらをするけれど、とうとう先生(せんせい)に見(み)つかって怒(おこ)られているのを見(み)て、溜飲(りゅういん)が下(さ)がったよ。

他總在老師看不見的地方搗蛋，最後終於被老師發現，罵了一頓，真是爽快！

器量(きりょう)を下(さ)げる

丟臉

解釋

做出有損自己聲望、失態的事情。

例句

今度(こんど)の件(けん)では、彼(かれ)も器量(きりょう)を下(さ)げた。

這次事件讓他丟盡了臉。

頭(あたま)を下(さ)げる

鞠躬行禮；低頭認輸；欽佩

解釋

1. 鞠躬致敬。
2. 屈服、認輸，表示歉意。
3. 欽佩、佩服。

同義詞

一目(いちもく)置(お)く

敬意(けいい)を表(あらわ)す

例句

頭(あたま)を下(さ)げて礼(れい)をする。

鞠躬行禮。

あいつにだけは頭(あたま)を下(さ)げたくない。

就是不想屈服於他。

彼(かれ)の努力(どりょく)には頭(あたま)を下(さ)げずにはいられない。

對他的努力深感佩服。

自動詞 裂ける　他動詞 裂く

胸が裂ける

肝腸寸斷

解釋

因痛苦或悲傷等而心如刀割。

同義詞

胸が張り裂ける

例句

亡くなった祖母の写真を見ると、今でも胸が裂けるようで、涙がこぼれ落ちてくる。

看到過世祖母的照片，還是會感到心如刀割，掉下眼淚。

絹を裂くよう

尖叫聲

解釋

撕破絹布時會發出尖銳的聲音，這裡是指用尖銳的聲音喊叫。

同義詞

甲高い悲鳴

例句

隣の部屋から絹を裂くような悲鳴が聞えた。一体何かあったのか、すぐ 110 番に通報した。

隔壁房間傳來尖銳的哭叫聲，到底發生了什麼事，立刻打電話報警。

自動詞 冷（さ）める 他動詞 冷（さ）ます

熱（ねつ）が冷（さ）める

熱情降溫

解釋

對某事物投入的熱情與興奮感降低了。

同義詞

熱（ねつ）が引（ひ）く

例句

あまりに計画（けいかく）することのみに熱中（ねっちゅう）し過（す）ぎて、計画（けいかく）している間（あいだ）にだんだん熱（ねつ）が冷（さ）め、旅行（りょこう）に行（い）くのが嫌（いや）になってきた。

對計畫過於熱中，導致過程中熱情逐漸降溫，變得不想去旅行了。

子（こ）どもはテレビゲームに熱中（ねっちゅう）していても、急（きゅう）に熱（ねつ）が冷（さ）めることが多（おお）いらしいが、うちの息子（むすこ）は冷（さ）める気配（きはい）がないので困（こま）っている。

有不少小孩子原本熱衷於電視遊戲卻突然熱情退燒，但我家兒子卻一點興趣減少的樣子也沒有，真傷腦筋。

ほとぼりが冷（さ）める

事情告一段落；事情平靜下來

解釋

對事件等的注意關心變淡。「ほとぼり」是物品燃燒後的餘熱。

同義詞

熱（ねつ）が冷（さ）める

例句

その騒動（そうどう）のほとぼりが冷（さ）めるまで、自宅（じたく）に戻（もど）らず、ホテルに身（み）を隠（かく）していたほうが賢明（けんめい）だと思（おも）いますよ。

在騷動告一段落之前，不要回家，躲在飯店應該是比較聰明的選擇喔。

memo

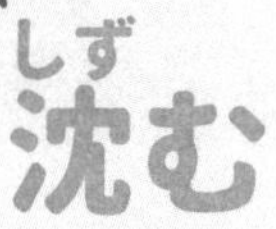

1. 下沉
2. 陷入了憂鬱

1 | 東西下沉

2 | 由於一些擔心的事情，而陷入了憂鬱、消沉

1-1 | 石(いし)は水(みず)に沈(しず)むが、木(き)は沈(しず)まない。

石頭會沉入水裡，木頭則不會。

1-2 | 太陽(たいよう)が山(やま)に沈(しず)んだ。

太陽下山了。

2 | 私(わたし)はその話(はなし)を聞(き)いて沈(しず)んだ気持(きも)ちになった。

我知道那件事後，感到很悲傷。

使…沉下去

施以外力使…沉下去

1-1 | **木(き)を水(みず)の中(なか)に沈(しず)めることができません。**
木頭不會沉到水裡去。

1-2 | **その海戦(かいせん)で敵(てき)の航空母艦(こうくうぼかん)を沈(しず)めた。**
在那場海上戰役中，擊沉了敵人的航空母艦。

自動詞 沈む　他動詞 沈める

石が流れて木の葉が沈む

浮石沉木

解釋

比喻事物不合道理，太陽從西邊出來。

同義詞

朝日が西から出る

例句

石が流れて木の葉が沈むように、船を漕いで山を登るくらいおかしな話だよ。

如同浮石沉木、划船上山一樣，是非常奇怪的說法。

memo

済む（すむ）

1. 完了
2. 不…也可以

1｜事情、活動完了

2｜「～なくて（も）済む」或「～ないで（～ずに）済む」句型，表示「不…也可以」、「不…也過得去」

1｜やっと試験（しけん）が済（す）んだ。

好不容易考完了。

2｜古（ふる）いのがあるから、買（か）わなくても済（す）んだ。

還有舊的可用，不買也可以。

用「すまない」、「すみません」表示「對不起」。

約束（やくそく）の時間（じかん）に遅（おく）れて誠（まこと）にすみません。

沒有趕上約定的時間非常抱歉。

1. 做完、結束
2. …就可以了

1 | 把某件事情、活動做完、結束
2 | 「～で済ます」句型，表示「…就可以了」

1 | 宿題（しゅくだい）なんか早（はや）いとこ済（す）ましなさい。
快點把作業做完。

2 | ほしい本（ほん）が見（み）つからない、この本（ほん）で済（す）ますことにしましょう。
我要找的書沒找到，就用這本代替吧。

自動詞 済む（すむ） 他動詞 済ます（すます）

気が済む（きがすむ）

甘心；滿意；稱心如意；了卻心事

解釋

心裡的負擔及不滿獲得紓解而感到滿意。

例句

これは将来（しょうらい）に関わる（かかわる）大切（たいせつ）な契約（けいやく）だから、気が済む（きがすむ）までよくよく検討（けんとう）したほうがいい。

這是一份事關將來的重要契約，請仔細審視討論，直到滿意為止。

memo

育つ（そだつ）

長、生長、成長

自然生長起來的意思，表示人或其他動物、植物成長起來

1-1 | 私（わたし）は田舎（いなか）で生（う）まれ、田舎（いなか）で育（そだ）ったのです。

我生在鄉下，長在鄉下。

1-2 | 彼（かれ）の音楽（おんがく）の才能（さいのう）はすくすくと育（そだ）った。

他的音樂才能很快地培養了起來。

1-3 | この植物（しょくぶつ）は日本（にほん）では育（そだ）たないらしい。

這種植物是無法在日本生長的。

養育、教育、培育

動作對象是人時，表示養育、教育子女或學生等；動作對象是動植物時，表示培育某種品種

1-1 | 親(おや)は子供(こども)を育(そだ)てる義務(ぎむ)がある。
父母有養育孩子的義務。

1-2 | 美術学院(びじゅつがくいん)で彼(かれ)の美術(びじゅつ)の才能(さいのう)が育(そだ)てられた。
美術學院培養起他的美術才能。

1-3 | おじいさんは今(いま)リンゴの新(あたら)しい品種(ひんしゅ)を育(そだ)てている。
爺爺正在培育新品種的蘋果。

備わる（そなわる）

1. 備有、配備
2. 具備

1｜備有、配備某種設備
2｜人具備某種才能、性質

1｜教室（きょうしつ）にはレシーバーが備（そな）わっている。
教室裡備有耳機。

2｜彼（かれ）には文学（ぶんがく）の才能（さいのう）が備（そな）わっている。
他頗具文才。

1. 配有
2. 具有
3. 做好準備

1 | 配有某種用具、配備

2 | 人具有某種才能、性質

3 | 事先對某件事情或某種情況做好準備、防備

1 | **教室(きょうしつ)にレシーバーを備(そな)えたほうがいい。**

教室裡還是配有耳機的設備比較好。

2 | **彼(かれ)には商才(しょうさい)を備(そな)えている。**

他具有商業頭腦。

3 | **弟(おとうと)が大学(だいがく)の入学試験(にゅうがくしけん)に備(そな)えて勉強(べんきょう)している。**

弟弟用功讀書，準備應付大學的入學考試。

自「備わる」含有「備えられる」（被動）的意思。用這一層意思去理解，是不是稍微容易區分它們之間的不同了呢？

自 動詞

揃(そろ)う

1. 齊、變齊　　3. 備齊
2. 到齊

1 | 許多不齊的東西變齊、齊
2 | 東西備齊、湊齊，或者人到齊
3 | 成雙成對的東西（如：鞋子、手套、筷子等）備齊、擺齊

1 | **兵隊(へいたい)の歩(ある)く足(あし)がきれいに揃(そろ)っている。**
士兵們的步伐整齊一致。

2 | **人(ひと)が揃(そろ)ったから出(で)かけましょう。**
人到齊了，我們出發吧！

3 | **靴(くつ)が揃(そろ)っていないが、どうしたのだろう。**
鞋子少一隻，怎麼辦才好？

1. 將…弄齊
2. 將…湊齊、備齊
3. 將…擺齊、湊齊

1 | 將許多不夠整齊的東西弄齊，使其一致

2 | 將必要的東西或人湊齊、備齊

3 | 將成雙成對的東西（如鞋子、手套、筷子）擺齊、湊齊

1 | 兵隊(へいたい)たちは足(あし)を揃(そろ)えて歩(ある)いている。

士兵們邁著整齊的步伐走著。

2 | 引(ひ)っ越(こ)してから家具(かぐ)を揃(そろ)えるつもりです。

我打算搬家以後，把家具買齊。

3 | 箸(はし)を揃(そろ)えなさい。

把筷子擺齊。

自動詞 育つ 他動詞 育てる

親はなくとも子は育つ

孩子沒有父母也能成長；車到山前必有路

解釋

字面意思是孩子沒有父母也能成長，用來比喻船到橋頭自然直，不必操心。

同義詞

藪の外でも若竹育つ

親の甘茶が毒となる

かわいい子には旅をさせよ

例句

心配する気持ちはよくわかるが、親はなくとも子は育つと言うだろう。彼は一人でなんとかやって行けるはずだよ。

十分能理解你會擔心的心情，但所謂車到山前必有路。他自己一個人應該也可以辦到的。

寝る子は育つ

一眠大一寸

解釋

指睡飽覺的孩子長得比較健康。

同義詞

赤子は泣き泣き育つ

泣く子は育つ

例句

赤ちゃんがあまりに長い時間寝るからと、寝すぎを心配して無理に起こそうとするお母さんがいますが、寝る子は育つと言うことわざもあるくらいなので、たっぷり寝かせてあげましょう。

有些母親會因為嬰兒睡眠時間太長，擔心睡太多而勉強叫孩子起床，不過不是有一眠大一寸的說法嗎，就讓他好好地睡吧！

小さく生んで大きく育てる

從小慢慢培養到大

解釋

字面意思是生出來時很小，然後慢慢培養到大。可使用於商業。

例句

小さく生んで大きく育てると言うように、自宅で始めたお店が、今では市内に何件も店を構えるようになった。

就像從小慢慢做大，從自家開始創業，現在在市內已經擁有好幾家店了。

自動詞 備(そな)わる 他動詞 備(そな)える

員(いん)に備(そな)わるのみ

濫竽充數

解釋

只有人數足夠，實際上卻完全派不上用場。也指沒有實權。

例句

今参加(いまさんか)している野球(やきゅう)チームは、ただ員(いん)に備(そな)わるのみで、一度(いちど)も勝(か)つことがなかった。

目前參加的棒球隊伍，隊員都只是濫竽充數的，從沒贏過一次。

memo

自動詞 揃う（そろ） 他動詞 揃える（そろ）

顔（かお）が揃う（そろ）

全員到齊

解釋

應集合起來的人都到齊了。

同義詞

顔（かお）ぶれが揃う（そろ）

顔（かお）を揃える（そろ）

例句

顔（かお）が揃っ（そろ）たところで、そろそろ本題（ほんだい）に移ろう（うつ）。

人已經到齊了，那就進入主題吧！

顔（かお）が揃っ（そろ）たようなので目的地（もくてきち）へ出発（しゅっぱつ）しよう。

人到齊了，出發前往目的地吧！

粒（つぶ）が揃う（そろ）

濟濟一堂

解釋

每一顆粒大小整齊，形容優秀人才齊聚。

例句

このクラスは粒(つぶ)が揃(そろ)っている為(ため)か、まとまりが良(よ)く、問題行動(もんだいこうどう)が少(すく)ないので、担任(たんにん)の私(わたし)は楽(らく)である。

或許是這個班的程度差不多，班級容易經營外，也很少有行為方面的問題，擔任班導的我相當輕鬆。

口(くち)を揃(そろ)える

異口同聲

解釋

不同的人講同樣的話。

同義詞

声(こえ)を揃(そろ)える

異口同声(いくどうせい)

例句

あそこのケーキ屋(や)さんは近所(きんじょ)の人(ひと)たちが口(くち)を揃(そろ)えておいしいという評判(ひょうばん)のお店(みせ)なので、テレビ局(きょく)の取材(しゅざい)が来(き)ていた。

住附近的人異口同聲地說那一家蛋糕店的蛋糕很好吃，所以連電視台都來採訪。

雁首（がんくび）を揃（そろ）える

全體出動

解釋

相關人員聚集在一個場合的情形。「雁首」是人的脖子或頭的俗稱。蔑視的說法。

同義詞

雁首（がんくび）を並（なら）べる

例句

課長（かちょう）が海外視察（かいがいしさつ）に出（で）るというので、課長（かちょう）に気（き）に入（い）られたい部下（ぶか）が全員（ぜんいん）雁首（がんくび）を揃（そろ）えて見送（みおく）りに行（い）った。

課長要前往國外視察，要拍課長馬屁的部下都去送行。

memo

自 動詞

倒(たお)れる

1. 倒、塌
2. 垮台
3. 倒閉、死亡

1 | 立著的東西倒、塌

2 | 政權等垮台（抽象比喻）

3 | 公司、企業等倒閉；人死亡

1 | 嵐(あらし)のために、多(おお)くの木(き)が倒(たお)れた。

狂風暴雨許多樹都倒了。

2 | 一九一一年(せんきゅうひゃくじゅういちねん)、清(しん)の王朝(おうちょう)が倒(たお)れた。

一九一一年滿清王朝覆沒了。

3-1 | 不景気(ふけいき)で多(おお)くの会社(かいしゃ)が倒(たお)れた。

由於不景氣，許多公司倒閉了。

3-2 | 野村(のむら)さんは無理(むり)をしすぎてついに倒(たお)れた。

野村由於過度勞累，最後病倒了。

他動詞

たお
倒す

1. 弄倒
2. 使…垮台、崩潰

1｜將立著的東西弄倒、放倒
2｜使敵人、政權等垮台、崩潰（抽象比喻）

1｜昨晩(さくばん)の台風(たいふう)は多(おお)くの木(き)を倒(たお)した。
昨晚的颱風刮倒了許多樹。

2｜辛亥革命(しんがいかくめい)が起(お)こってとうとう清(しん)の王朝(おうちょう)を倒(たお)した。
辛亥革命爆發，終於推翻了滿清王朝。

自 動詞

高まる（たか） 提高

表示客觀存在的水準、程度提高了

1-1 | 生活水準（せいかつすいじゅん）が高（たか）まった。
生活水準提高了。

1-2 | 教養（きょうよう）が高（たか）まった。
教養提高了。

提高

> 提高某種水準、程度等

1-1 | 生活水準(せいかつすいじゅん)を高(たか)める。
提高生活水準。

1-2 | 教養(きょうよう)を高(たか)める。
提高教養。

另外，自「高まる」還可以用於具體的客觀事物：

✔波(なみ)がだんだん高(たか)まってきた。
海浪漸漸高漲了。

由於海浪漲潮是人們意志不能左右得了的，因此不好用他「高める」。

✘波がだんだん高められた。

自 動詞

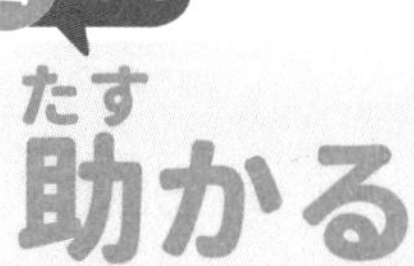

助（たす）かる　得救

某人得救，或在精神上、肉體上的痛苦得以解除

1-1 | 注射（ちゅうしゃ）を打（う）ってもらって助（たす）かった。
讓醫生打了針，才得救。

1-2 | 試験（しけん）が中止（ちゅうし）になって助（たす）かった。
考試結束，我終於得救了。

救、幫助

> 救某人的命或解除其肉體上、精神上的痛苦；幫助某人解除經濟方面的困難

1-1 | お医者(いしゃ)さんの田村先生(たむらせんせい)が私(わたし)の命(いのち)を助(たす)けてくれた。

田村醫生救了我的命。

1-2 | 貧乏(びんぼう)な人(ひと)を助(たす)けるためにお金(かね)を集(あつ)めています。

為了幫助窮人而募捐。

自動詞

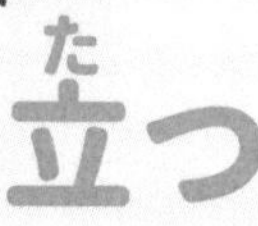

立つ（たつ）

1. 站立、立著
2. 升起、上升

1 | 人或物站、站立、站著、豎著、立著
2 | 氣體、煙或塵等從低處向高處升起

1 | 道端（みちばた）には道（みち）しるべが立（た）っている。
路旁立著路標。

2 | 湯気（ゆげ）が立（た）っている。
冒著熱氣。

1. 豎起
2. 使…升起

1 | 某人豎起、立起某東西
2 | 某人或某種東西使煙、塵、氣等從低處向高處升起

1 | 道(みち)しるべを立(た)てる。
豎立一個路標。

2 | 汽車(きしゃ)は煙(けむり)を立(た)てて走(はし)っている。
火車冒著黑煙前進著。

自動詞 倒（たお）れる　他動詞 倒（たお）す

才子才（さいしさい）に倒（たお）れる

侍才者毀於才

解釋

具備才能的人因太過相信自己的能力反而招致失敗。

同義詞

策士（さくし）、策（さく）に溺（おぼ）れる

才知（さいち）は身（み）の仇（あだ）

川立（かわた）ちは川（かわ）で果（は）てる

河童（かっぱ）の川流（かわなが）れ

例句

小（ちい）さい頃（ころ）からピアノの天才（てんさい）と言（い）われてきたので友達（ともだち）とも遊（あそ）ばずにピアノばかり弾（ひ）いていたら、才子才（さいしさい）に倒（たお）れるで、情 感豊（じょうかんゆた）かに弾（ひ）けなくなってしまった。

小時候被稱作是鋼琴天才，所以不跟朋友玩只知道彈鋼琴，但侍才者毀於才，最後卻無法彈出充滿感情的曲子了。

彼（かれ）は歌手（かしゅ）として才能（さいのう）があり、デビューして成功（せいこう）したが、才子才（さいしさい）に倒（たお）れるで、お酒（さけ）を飲（の）みすぎて声（こえ）をつぶしてしまった。

身為歌手的他是十分有才能的，出道並且成功了，但侍才者毀於才，因飲酒過量而弄壞了嗓子。

甲張(こうば)り強(つよ)くして家(いえ)押(お)し倒(たお)す

愛之適足以害之

解釋

愛若是愛過了頭反而是在害他。

同義詞

贔屓(ひいき)の引(ひ)き倒(たお)し

過(す)ぎたるは猶及(なおおよ)ばざるが如(ごと)し

例句

先生(せんせい)があの生徒(せいと)のことをとても褒(ほ)めているせいで、甲張(こうば)り強(つよ)くして家(いえ)押(お)し倒(たお)しになって周(まわ)りの反感(はんかん)を買(か)うだろう。

老師過於稱讚那個學生了，愛之適足以害之，反而引起周遭人的反感。

自動詞 高(たか)まる　他動詞 高(たか)める

洛陽(らくよう)の紙価(しか)を高(たか)める

洛陽紙貴

解釋

用來比喻一些作品風行一時，廣為流傳。出自晉朝人左思所寫的《三都賦》大受歡迎，洛陽的人們爭相傳抄，結果使洛陽紙價上漲。

同義詞

洛陽(らくよう)の紙価(しか)を貴(たか)む

紙価(しか)を高(たか)める

例句

彼(かれ)は洛陽(らくよう)の紙価(しか)を高(たか)める小説(しょうせつ)を次々(つぎつぎ)に発表(はっぴょう)している、すばらしい作家(さっか)だ。

他一本接著一本寫出足以造成洛陽紙貴的小說，是一位很棒的作家。

memo

自動詞 助(たす)かる 他動詞 助(たす)ける

小(しょう)の虫(むし)を殺(ころ)して大(だい)の虫(むし)を助(たす)ける

捨小求大、丟卒保車

解釋

犧牲較小的部分，保全更大的好處。

同義詞

小(しょう)を捨(す)てて大(だい)に就(つ)く

尺(しゃく)を枉(ま)げて尋(じん)を直(なお)くす

例句

小(しょう)の虫(むし)を殺(ころ)して大(だい)の虫(むし)を助(たす)けるような授業(じゅぎょう)を行(おこな)う先生(せんせい)なので、理解力(りかいりょく)のない子(こ)はどんどん取(と)り残(のこ)されていく。

因為是會為了全體而寧願犧牲一部分的老師，所以理解能力較差的孩子就會被留下來。

芸(げい)は身(み)を助(たす)ける

一技在身，受用無窮

解釋

因興趣而學到的才能，說不定將來會變成一種謀生技能。

同義詞

芸(げい)は身(み)の仇(あだ)

粋(すい)が身(み)を食(く)う

例句

彼は今は仕事で歌を教えているそうだよ。芸は身を助けるだね。

他現在把教唱歌當作是職業，真是一技在身，受用無窮。

まさに芸は身を助けるで、趣味で描いていた絵で今は生計を立てているよ。

所謂一技在身，受用無窮，原本是因為興趣才畫畫的，現在卻變成主要的生計來源。

足元から鳥が立つ

事出突然，來不及防備；突然開始做某事

解釋

身邊突然發生意料之外的事，或是突然開始做某件事。

同義詞

寝耳に水

藪から棒

例句

結婚式の会場まで予約したのに、足元から鳥が立つように婚約が破談となってしまった。

都已經訂好結婚會場了，卻突然解除婚約。

足元から鳥が立つように、仕事を辞めて海外のボランティアに行ってしまった。

突然辭去工作，去國外擔任義工。

石に立つ矢

有志者事竟成

解釋

往石頭射箭，是指不管是什麼事情，只要抱著必死的決心去做，就沒有辦不到的事。

同義詞

思う念力岩をも徹す

精神一到何事か成らざらん

例句

石に立つ矢というように、先生方に無理だと言われていた大学に、強い意志をもって合格した。

有志者事竟成，老師們說不太有希望考上的大學，抱著堅定的意志考上了。

青筋を立てる

臉紅筋漲

解釋

形容發怒或過度興奮時青筋暴起的樣子。

例句

家に着くと家の前に先客がいて、その客は額に青筋を立てて、しきりに玄関のベルを押していた。

回到家，家門前有客人冒著青筋，拼命按門口玄關的門鈴。

目(め)くじらを立(た)てる

責難、發怒

解釋

因微不足道的事情發怒，譴責他人的小缺陷小失誤。

同義詞

目(め)に角(かど)を立(た)てる

目(め)を三角(さんかく)にする

例句

会社(かいしゃ)の業績(ぎょうせき)が悪(わる)くなったので、社長(しゃちょう)は社員(しゃいん)に対(たい)して常(つね)に目(め)くじらを立(た)てるようになった。

因為公司的業績下滑，所以社長總是對社員吹毛求疵大發雷霆。

すぐに目(め)くじらを立(た)てる人(ひと)は嫌(きら)われるよ。

因微不足道的事情生氣進行批判的人會被討厭的。

自 動詞

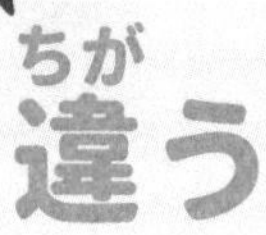

1. 不同
2. 錯誤、錯

1 | 「Ⓐは Ⓑと違う」或「Ⓐと Ⓑとは違う」句型，表示「Ⓐ與Ⓑ不同」

2 | 「Ⓐが違う」句型，表示「Ⓐ錯誤、錯」

1 | 弟（おとうと）と兄（あに）とは全（まった）く違（ちが）う。非常（ひじょう）にがっちりしている。

弟弟和哥哥完全不同，是個非常精明的人。

2 | あなたの言（い）うことが違（ちが）っている。

你說錯了。

搞錯

「Ⓐを Ⓑに違える」或「Ⓒを違える」句型，分別表示把「Ⓐ搞錯成了Ⓑ」，或「某種東西錯了」

1-1 | 「未(み)」を「末(まつ)」に違(ちが)えて書(か)いてはいけません。

不要錯把「未」字寫成「末」字。

1-2 | うっかりして道(みち)を違(ちが)えた。

不小心走錯路了。

自動詞

ちか 近づく

1. 靠近
2. 臨近

1 | 某人、某種東西靠近某一場所；接近…

2 | 某一日期臨近、來臨

1-1 | 危(あぶ)ないところに近(ちか)づかないでください。

請不要靠近危險的地方！

1-2 | あんな悪(わる)い人(ひと)に近(ちか)づいてはいけない。

不要接近那種壞人。

2 | 試験(しけん)が近(ちか)づいた。

考試將近。

使…靠近

使某人、某種東西靠近、挨近…

1-1 | **子供（こども）を危険（きけん）な場所（ばしょ）に近（ちか）づけないように。**

不要讓孩子靠近危險的地方。

1-2 | **彼女（かのじょ）はあまり人（ひと）を近（ちか）づけない。**

她不太讓人接近。

自動詞 違(ちが)う　他動詞 違(ちが)える

話(はなし)が違(ちが)う

出爾反爾，言而無信；另外一回事

解釋

說話不算數。或是指另外一回事。

例句

昨日(きのう)は旅行(りょこう)に行(い)くと言(い)ったのに、今日(きょう)は行(い)きたくないと言(い)う、話(はなし)が違(ちが)うでしょう。

昨天說要去旅行，今天又說不去了，真是出爾反爾。

ボタンを掛(か)け違(ちが)える

一步錯，步步錯

解釋

扣衣服鈕扣時，前面扣錯了一個後面就會全錯，指事後才發現事情矛盾。

例句

小(ちい)さい事(こと)でも真剣(しんけん)にやらないと、ボタンを掛(か)け違(ちが)えて、思(おも)い掛(が)けないミスが生(しょう)じてしまうよ。

即便是小事，但如果不認真去做的話，一步錯，步步錯，可能會招致無法想像的錯誤。

memo

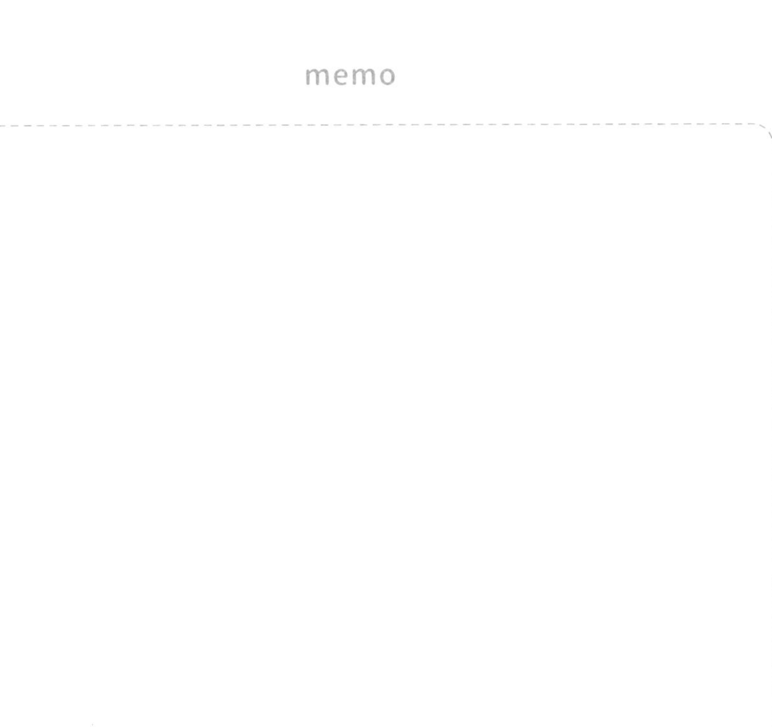

自動詞

つづ 続く

1. 繼續　　3. 接著進行
2. 連接

1｜某種現象、某種活動或空間的繼續
2｜兩種東西、兩個場所連接、相通
3｜某一動作、事物之後，接著進行或發生第三個動作、事物

1｜**毎日雨が続いてうんざりだ。**（まいにちあめ・つづ）
每天不停地下雨，真煩人。

2｜**この道は駅前通りに続いている。**（みち・えきまえどお・つづ）
這條路連接著站前大街。

3｜**地震と続いて火災が発生した。**（じしん・つづ・かさい・はっせい）
地震之後接著發生了火災。

用「名詞Ⓐが続かない」或「名詞Ⓐが続くだろうか」含有可能的意思，表示「某種東西不能繼續下去」、「繼續不下去」或「能繼續下去嗎？」

こんな重労働では体が続かない。（じゅうろうどう・からだ・つづ）
這樣耗體力的工作，身體是承受不住的。

1. 使…繼續
2. 將…連接起來
3. 使…接著進行

1 | 使某種事態、活動繼續下去
2 | 將某種東西、場所連接起來
3 | 在某一活動之後，使之接著進行下一個活動

1 | なかなかいいピアノ曲（きょく）だ。止（や）めずに続（つづ）けてください。
真是首優美的曲子，請繼續彈下去！

2 | 二（ふた）つの建物（たてもの）を渡（わた）り廊下（ろうか）で続（つづ）ける。
兩棟建築以走廊相連。

3 | さあ、私（わたし）に続（つづ）けて読（よ）んでください。
來！跟著我往下唸。

自 動詞

潰（つぶ）れる

1. 壞
2. 垮、倒、消耗

1｜由於某種壓力以致東西壓壞、擠壞、碰壞、壞
2｜家業垮、倒；時間消耗等（抽象比喻）

1｜買（か）ってきた卵（たまご）を五（いつ）つも潰（つぶ）れた。
買來的雞蛋破了五個。

2-1｜商売（しょうばい）に失敗（しっぱい）して家（いえ）が潰（つぶ）れてしまった。
經商失敗，家業全敗光了。

2-2｜日曜日（にちようび）は家（いえ）の手伝（てつだ）いで、一日（いちにち）潰（つぶ）れてしまった。
星期天在家裡做了一整天的家事。

1. 弄壞
2. 毀壞家業、消磨時間

1 | 用力將某種東西弄壞、壓壞、擠壞
2 | 毀壞家業、消磨時間等（抽象比喻）

1 | ちょっとの不注意(ふちゅうい)で買(か)ってきた卵(たまご)を五(いつ)つも潰(つぶ)した。
稍一不注意，就把買來的雞蛋弄破了五個。

2-1 | 商売(しょうばい)に失敗(しっぱい)して、家(いえ)を潰(つぶ)してしまった。
經商失敗，把家也給毀了。

2-2 | 二三時間(にさんじかん)潰(つぶ)して部屋(へや)をきれいに掃除(そうじ)した。
花了兩三個小時，把房間打掃乾淨了。

自動詞 続く　他動詞 続ける

体が続く

（身體）吃得消

解釋

不論工作給身體帶來多大的負擔，也能保持健康狀態。

例句

体が続く限り、私は今の仕事を続けたい。

只要身體吃得消，我想繼續做今天份內的工作。

気力はあっても、体が続くとは限らない。

就算有精力，身體也未必吃得消。

息が続く

持之以恆，努力不懈

解釋

長時間持續進行某件事或維持同樣狀態。

例句

週に四回のトレーニングでは息が続かない。

每星期四次的鍛鍊還是維持不下去。

面目(めんぼく)が潰(つぶ)れる

丟臉、沒面子

解釋

名譽受損，無法面對他人。

同義詞

顔(かお)が潰(つぶ)れる

面目(めんぼく)を失(うしな)う

例句

無神経(むしんけい)な彼(かれ)の言動(げんどう)のおかげで私(わたし)の面目(めんぼく)が潰(つぶ)れてしまった。

多虧了他沒大腦的言談舉止，讓我丟盡了臉。

父(ちち)の面目(めんぼく)が潰(つぶ)れないよう、精一杯(せいいっぱい)努力(どりょく)していこう。

為了不丟父親的臉，我拼命努力。

娘(むすめ)三人(さんにん)あれば身代(しんだい)が潰(つぶ)れる

女兒是賠錢貨

解釋

字面意思是有三個女兒的家庭，光為了準備嫁妝就會花光所有財產。「身代」是財產的意思。

同義詞

娘三人持てば身代潰す

例句

娘三人あれば身代が潰れると言うように、三人も嫁に出すことができるか、今から不安です。

話說養三個女兒就會破產，但三個人都能全部嫁出去嗎，現在已經開始擔心了。

暇を潰す

打發時間

解釋

做某件事來度過多出來的空閒時間。殺時間。

同義詞

時間を潰す

例句

父は退職後盆栽いじりで暇を潰している。

父親退休後便種植盆栽來打發時間。

待ち合わせの時間まで喫茶店で暇を潰した。

到約定的時間前在咖啡廳打發時間。

身上を潰す（しんじょうをつぶす）

蕩盡家產

解釋

將所有財產花掉。

例句

彼（かれ）は両親（りょうしん）が死（し）んだあと、毎日（まいにち）遊（あそ）んでいるばかりで、一年（いちねん）も立（た）たずに身上（しんじょう）を潰（つぶ）した。

他在父母親過世後，每天只知道玩，不到一年現在已經蕩盡家產了。

memo

自動詞

で 出る

1. 出來
2. 從…拿出、發出
3. 參加、出席

1｜「Ⓑが出る」句型，表示「某人、某物Ⓑ出來」

2｜「Ⓐから©が出る」句型，表示「從某人、某單位Ⓐ拿出、發出©」（抽象比喻）

3｜「ⒶがⒷに出る」句型，表示「某人Ⓐ參加、出席某一個會議、比賽Ⓑ」

1｜**月（つき）が出（で）た。**

月亮出來了。

2｜**本部（ほんぶ）から命令（めいれい）が出（で）た。**

從本部發出了命令。

3｜**田中君（たなかくん）が試合（しあい）に出（で）ることになった。**

決定由田中參加比賽了。

1. 把…弄到外面
2. 拿出、發出
3. 讓…參加、出席
4. 交

1 | 「Ⓐは Ⓑを出す」句型，表示「某人Ⓐ把某種東西Ⓑ弄到外面」，相當於拿出、搬出、露出、伸出等

2 | 「Ⓐは Ⓒを出す」句型，表示「某人、某個組織Ⓐ拿出、發出Ⓒ等」（抽象比喻）

3 | 「Ⓐは Ⓔに Ⓓを出す」句型，表示「某人Ⓐ讓某人Ⓓ參加、出席某一會議、比賽Ⓔ」

4 | 「Ⓐは Ⓕを Ⓖに出す」句型，表示「某人Ⓐ將某種東西Ⓕ交給某人Ⓖ」

1 | **家財道具（かざいどうぐ）を外（そと）に出（だ）す。**
把家裡的東西搬到外面。

2 | **本部（ほんぶ）はもう命令（めいれい）を出（だ）した。**
總部已發出命令。

3 | **田中君（たなかくん）を試合（しあい）に出（だ）すことになった。**
決定讓田中參加比賽了。

4 | **レポートを先生（せんせい）に出（だ）す。**
將報告交給老師。

「出る」雖是自動詞，但可以用「～を出る」，即用「Ⓐは Ⓑを出る」句型，表示「某人Ⓐ離開某地Ⓑ」。這時則不能用「出す」。

✔玄関(げんかん)を出(で)たら雨(あめ)が降(ふ)っていた。

✘玄関を出したら雨が降っていた。

走出大門，就下起雨了。

memo

照(て)る　照耀

日月等的照射、照耀

1-1 | 太陽(たいよう)が照(て)っている。
太陽照耀著。

1-2 | この部屋(へや)はよく日(ひ)が照(て)る。
這個房間光線很好。

照亮

日月照亮某個地方、場所

1-1 | 夏(なつ)の太陽(たいよう)が庭(にわ)を照(て)らしている。

夏天的陽光照亮庭院。

1-2 | サーチライトが暗(くら)い海(うみ)の上(うえ)をさっと照(て)らし出(だ)してから消(き)える。

探照燈照亮了漆黑的海面，隨後又滅了。

自 動詞 出(で)る　他 動詞 出(だ)す

垢(あか)は擦(こす)るほど出(で)る、あらは探(さが)すほど出(で)る

毛病愈挑愈多

解釋

污垢是愈擦愈多，缺點也是愈找愈多。

例句

彼(かれ)は垢(あか)は擦(こす)るほど出(で)る、あらは探(さが)すほど出(で)るような人(ひと)で、調(しら)べていけばいくほど、悪事(あくじ)の数々(かずかず)が浮(う)き彫(ぼ)りになった。

他是一個有必要深挖徹查的人，只要持續調查，他過去做過的壞事就會浮出檯面。

冗談(じょうだん)から駒(こま)が出(で)る

玩笑成真

解釋

開玩笑說的話卻成真。

同義詞

嘘(うそ)から出(で)た実(まこと)

例句

最初(さいしょ)は冗談(じょうだん)でスタンフォード大学(だいがく)に行(い)くと言(い)っていたが、まさか本当(ほんとう)に通(かよ)うことになるなんて、冗談(じょうだん)から駒(こま)が出(で)る話(はなし)だ。

原本開玩笑說要去讀史丹佛大學的，沒想到真的考上了，可說是玩笑成真了。

喉(のど)から手(て)が出(で)る

非常渴望想要得到

解釋

從喉嚨伸出手來，形容對某樣事物非常渴望。

同義詞

喉(のど)が鳴(な)る

よだれを垂(た)らす

例句

財布(さいふ)を忘(わす)れたが、目(め)の前(まえ)には良(い)い匂(にお)いがするカレー屋(や)がある。今(いま)、この店(みせ)のカレーが喉(のど)から手(て)が出(で)るほど食(た)べたい。

忘記帶錢包，但眼前卻有一家散發出香味的咖哩店。現在非常渴望想吃到這家店的咖哩。

喉(のど)から手(て)が出(で)るほど欲(ほ)しかった新作(しんさく)ゲームだが、実際(じっさい)にやってみると、あまり面白(おもしろ)くなかった。

原本很想得到的新遊戲，但實際玩過後，覺得不太有趣。

命（いのち）を投（な）げ出（だ）す

奮不顧身、捨身、豁出去

解釋

抱著必死的決心投入。

同義詞

命（いのち）を差（さ）し出（だ）す

例句

自分（じぶん）の命（いのち）を投（な）げ出（だ）しても、わが子（こ）の命（いのち）だけは助（たす）け出（だ）したい。

豁出性命也想救出自己的孩子。

陰（かげ）で舌（した）を出（だ）す

背後嘲笑

解釋

人前說好聽話來討好，但在背後卻說人壞話。

同義詞

陰（かげ）でばかにする

例句

自慢話（じまんばなし）ばかりするクラスメイトがいて、みんないつも話（はなし）を聞（き）いてはいるが陰（かげ）で舌（した）を出（だ）しているに違（ちが）いない。

班上有老愛吹捧自己的同學，大家雖然會聽他講，但背後一定都在嘲笑他。

ライバルに褒（ほ）められたけれど、陰（かげ）で舌（した）を出（だ）しているのだろう。

雖然被競爭對手稱讚，但背後一定在說我壞話。

memo

自動詞 照る 他動詞 照らす

片山曇れば片山日照る

事情有好有壞

解釋

世間的事不會全部都好或全部都壞，是多種多樣、時刻變化的。

同義詞

入り船あれば出船あり

例句

そんなに落ち込まないで、片山曇れば片山日照るから、絶対いい事があるよ。

不要那麼沮喪，事情不會只有壞的一面，肯定也會有好的一面。

肝胆相照らす

肝膽相照

解釋

比喻真心誠意，以真心相見、互相坦誠交往共事。

例句

あの二人は幼なじみだけでなく、肝胆相照らす仲間でもある。

他們不但是青梅竹馬，而且也是肝膽相照的好夥伴。

蠟燭は身を減らして人を照らす

燃燒自己照亮別人

解釋

犧牲自己成就他人。

同義詞

身を殺して仁を成す

例句

お父さんは家族のため、蠟燭は身を減らして人を照らすように、毎日一生懸命働いている。

父親為了家人，燃燒自己照亮了我們，每天都拼命地工作。

自動詞

溶（と）ける　化、溶化

表示一切物體的化、溶化、融化

1-1 | 粉（こな）せっけんが溶（と）けてから洗濯（せんたく）します。
洗衣粉溶化了之後再洗衣服。

1-2 | 雪（ゆき）がすっかり溶（と）けてしまった。
雪全融了。

化開、溶化

溶化、化開顏料、糖、洗衣粉以及藥品等粉狀物，也表示溶化、化開雪、冰、糖塊或金屬等固體

1-1 | 絵具(えのぐ)を溶(と)かす。

化開顏料。

1-2 | やまの上(うえ)は水(みず)がなくて氷(こおり)や雪(ゆき)を溶(と)かして使(つか)った。

山上沒有水，所以把冰、雪融化後拿來用。

とどまる

1. 停留
2. 止於…、限於…

1 | 人或車、船等停止後的靜止狀態，停留在某處、某一點，暫時不再移動

2 | 慣用型「～に止まる」表示「止於…」、「限於…」

1-1 | 彼(かれ)はやはり現職(げんしょく)に留(とど)まっている。

他果然還是停留在現在的崗位上。

1-2 | 時(とき)は一刻(いっこく)も止(とど)まることなく過(す)ぎて行(い)った。

時間一刻不停地走著。

2 | 今度(こんど)の事故(じこ)で死(し)んだ乗客(じょうきゃく)は百人(ひゃくにん)に止(とど)まらなかった。

在這次的事故中，死亡的乘客不止一百人。

とどめる

1. 留下
2. 使…止於…、使…限於…

1｜使人、車、船等停留在某地，即留下、留

2｜慣用型「～に止める」， 表示「使…止於…」、「使…限於…」、「僅…」、「只…」

1-1｜一行(いっこう)を三日間(みっかかん)現地(げんち)に留(とど)めた。

留下一行人在當地待了三天。

1-2｜展示品(てんじひん)の前(まえ)にしばらく足(あし)を留(とど)めて見入(みい)った。

在展示品前停下了腳步，看得出神。

2｜ここでは大略(たいりゃく)を述(の)べるに止(とど)める。

在此只講個大概而已。

とまる　停、停止

> 人或東西從動到不動的變化，動作主體多是物品，也可以是人

1-1｜車(くるま)が玄関(げんかん)の前(まえ)に止(と)まった。

車子停在大門的前面。

1-2｜時計(とけい)が止(と)まって時間(じかん)がわからなかった。

錶停了，不知道現在是什麼時間。

1. 使…停下來
2. 留下（人）

1｜使人或某種活動停下來

2｜將某人留下不讓他回去

1-1｜外出(がいしゅつ)を止(と)める。
禁止他外出。

1-2｜ブレーキをかけて列車(れっしゃ)を止(と)めた。
踩剎車，將列車停住。

2｜帰(かえ)ると言(い)ったが、まだいいでしょうと言(い)って留(と)めた。
他說要回去了，我說還早吧，把他留了下來。

自動詞 とどまる 他動詞 とどめる

流言は知者に止まる

流言止於智者

解釋

明睿的人能判定是非，不輕信口耳轉述毫無根據的傳聞。

例句

コロナウイルスに関するデマをとばす人は存在しますが、流言は知者に止まると言いますので、皆様も発言には気を付けましょう。

有人會散播有關新冠病毒的流言，但謠言止於智者，大家也請小心發言。

名を留める

名留後世

解釋

留名到後世。

例句

エジソンはとても偉大な科学者であり、歴史に名を留めている。

愛迪生是一位很偉大的科學家，名留於歷史。

自動詞 とまる 他動詞 とめる

お高(たか)くとまる

高高在上、自命不凡、高傲

解釋

派頭很大，看不起其他人。

同義詞

自信満々(じしんまんまん)

例句

一流大学(いちりゅうだいがく)に合格(ごうかく)した途端(とたん)、お高(たか)くとまるようになった彼女(かのじょ)に失望(しつぼう)して、連絡(れんらく)するのをやめた。

我對考上前幾志願的大學後就變得很高傲的她感到失望，之後就不再跟她聯絡了。

目(め)が留(と)まる

注意到；目光停留在……

解釋

對某事物或人物感到有興趣而關注。

例句

社長(しゃちょう)の部屋(へや)に入(はい)ったとき、机(つくえ)の上(うえ)の写真(しゃしん)に目(め)が留(と)まった。それは家族(かぞく)との写真(しゃしん)だ。

進入社長辦公室時，注意到桌上的照片。那是與家人的合照。

足(あし)を止(と)める

駐足不前

解釋

停止前進，站在原地。

同義詞

歩(あゆ)みが止(と)まる

例句

お店(みせ)のほうに歩(ある)いていたが、急(きゅう)に足(あし)を止(と)めて私(わたし)の方(ほう)に歩(ある)いてきた。

原本往店的方向走，但突然停下腳步，朝我走過來。

このままではいけないと思(おも)ったら、足(あし)を止(と)める勇気(ゆうき)も必要(ひつよう)である。

知道不能再繼續這樣下去，但停止也是需要勇氣的。

一命(いちめい)を取(と)り止(と)める

保住一命

解釋

在快要失去性命時，得以保全不死。

同義詞

九死(きゅうし)に一生(いっしょう)を得(え)る

例句

長時間（ちょうじかん）に及（およ）ぶ手術（しゅじゅつ）で、どうにか一命（いちめい）を取（と）り止（と）めた。

經過長時間的手術，總算保住一命。

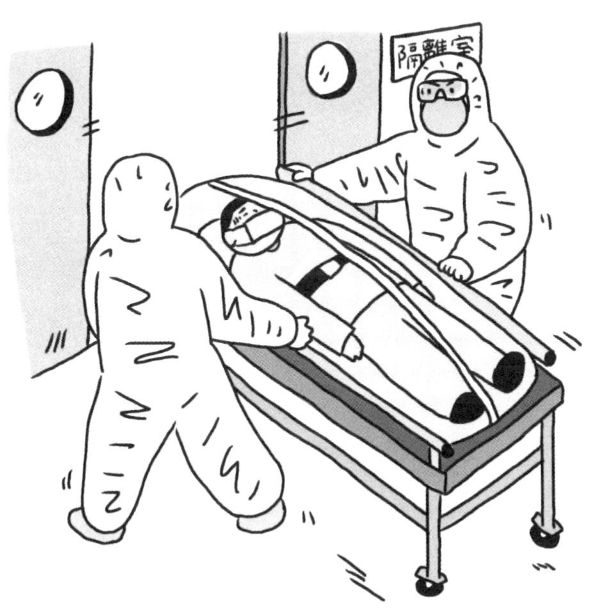

自動詞

直(なお)る

1. 改正過來
2. 治好了

1 | 缺點、毛病、錯誤改正過來

2 | 機器等修理好了；病治好了

1-1 | 悪(わる)い癖(くせ)が直(なお)った。

已經改掉了壞毛病。

1-2 | 文章(ぶんしょう)の間違(まちが)いが直(なお)っている。

文章中的錯誤已經修改了。

2 | 病気(びょうき)が直(なお)ってよかった。

病好了，真是太好了！

1. 改正
2. 治療

1 | 改正缺點、毛病、錯誤
2 | 使某種東西恢復原來的狀態，如修理機器、治療疾病等

1-1 | 誰(だれ)でも欠点(けってん)があるから、直(なお)せばいい。
誰都有缺點，改過就好。

1-2 | 文章(ぶんしょう)の間違(まちが)いを直(なお)す。
修改文章中的錯誤。

2 | 病気(びょうき)を直(なお)してから旅(たび)に出(で)た。
病好了就去旅行。

流れる（ながれる）

1. 流
2. 流動
3. 流傳

1 | 液體的東西流、流動。主語多是水或其他液體的東西
2 | 飄浮在水裡的其他物體流動。主語為某一物體
3 | 某種消息流傳、傳播、聲音傳來（抽象比喻）

1 | 小さな川が流れている。（小さな：ちい、川：かわ、流：なが）
小河流著。

2 | 氷山が流れている。（氷山：ひょうざん、流：なが）
冰山漂流著。

3 | 隣りからピアノの音が流れてくる。（隣：とな、音：おと、流：なが）
從附近傳來鋼琴的聲音。

1. 使…流
2. 放、沖
3. 傳播

1 | 使…流，可譯作放、流等
2 | 使某種物體飄在水上，可譯作放、沖等
3 | 傳播某種消息、播放某種聲音（抽象比喻）

1 | **みんなは汗(あせ)を流(なが)して働(はたら)いている。**
大家流著汗辛勤地工作。

2 | **祭(まつ)りの日(ひ)には人々(ひとびと)は湖面(こめん)に燈籠(とうろう)を流(なが)します。**
慶典的日子，人們會在湖面上放燈籠。

3 | **誰(だれ)かが受験生(じゅけんせい)に入試情報(にゅうしじょうほう)を流(なが)したらしい。**
似乎有誰向考生洩露了入學考試的試題。

無(な)くなる

1. 沒有、消滅
2. 失掉

1 | 無意識地失去了某種抽象的東西

2 | 無意識地失掉了某種東西或死了某個人

1 | **世(よ)の中(なか)では戦争(せんそう)は無(な)くなることはない。**
這個世界上戰爭是無法消失的。

2-1 | **電車(でんしゃ)の中(なか)で財布(さいふ)が無(な)くなった。**
在電車上弄丟了錢包。

2-2 | **おじいさんは記憶(きおく)まで無(な)くなった。**
爺爺連記憶都喪失了。

1. 弄掉、消滅
2. 丟失、死去

1 | 有意識地使某些抽象事物從有變成無

2 | 無意識地喪失了具體的事物（個別時候是抽象事物）；人死去

1 | **世界(せかい)から戦争(せんそう)を無(な)くそう。**

讓戰爭從世界上消失吧！

2-1 | **電車(でんしゃ)の中(なか)で財布(さいふ)を無(な)くした。**

在電車裡丟了錢包。

2-2 | **田中(たなか)のじいさんは地震(じしん)で二人(ふたり)の子供(こども)を無(な)くした。**

田中老爺爺由於地震失去了兩個孩子。

慣（な）れる

1. 習慣
2. 被馴服

1 | 人或身體對某種情況、事物習慣了
2 | 動物被人馴服

1-1 | 彼（かれ）にはもう新（あたら）しい仕事（しごと）に慣（な）れた。
他對新的工作熟悉了。

1-2 | 体（からだ）が寒（さむ）さに慣（な）れた。
身體已經習慣了寒冷。

2 | 馴（な）れたライオンだから、人（ひと）に噛（か）み付（つ）くことはない。
那隻獅子已經被馴服了，所以不會咬人。

1. 使…習慣
2. 馴服

1｜使人或身體一部分習慣於…，使…適應
2｜馴服動物

1-1｜舌(した)を日本語(にほんご)の発音(はつおん)に慣(な)らす。
使舌頭習慣日語的發音。

1-2｜体(からだ)を寒(さむ)さに慣(な)らす。
使身體適應寒冷。

2｜ライオンを馴(な)らす。
馴獅。

一般用來講人時用「慣れる」，講其他動物時用「馴れる」。

自 動詞

1. 排列成行
2. 與…相比、匹敵

1 | 排列成行（主語多是人）

2 | 技術、力量與…相比、匹敵

1 | **二人(ふたり)は並(なら)んで座(すわ)っている。**
兩個人並排坐著。

2 | **日本語(にほんご)ではクラスの中(なか)であの人(ひと)に並(なら)ぶものはない。**
在我們班上，日語沒有人比他厲害。

1. 將…排列
2. 比較
3. 羅列

1 | 將東西排列起來（動作對象多是物）

2 | 將兩種東西並列在一起加以比較

3 | 一個個地擺出某些言論、說法，可譯作羅列、列舉（抽象比喻）

1 | **本(ほん)を本棚(ほんだな)に並(なら)べた。**

將書排列在書架上。

2 | **二(ふた)つを並(なら)べてみると、大(おお)きさがまるで違(ちが)うものだ。**

把兩個東西比較一下，大小完全不同。

3 | **証拠(しょうこ)を並(なら)べる。**

列舉證據。

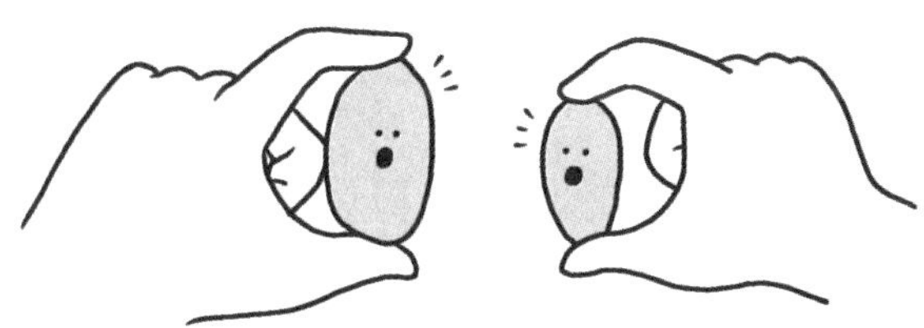

自動詞 直る（なおる） 他動詞 直す（なおす）

夫婦喧嘩は寝て直る（ふうふげんかはねてなおる）

床頭吵床尾和

解釋

夫妻吵架只要過一晚上就沒事了，旁人不用介入。

同義詞

西風と夫婦喧嘩は夕限り（にしかぜとふうふげんかはゆうかぎり）

例句

夫婦喧嘩は寝て直ると言うけど、我が家の夫婦喧嘩は三日は続くよ。

人說床頭吵床尾和，但我家夫妻吵架可是會持續三天呢！

顔を直す（かおをなおす）

補妝

解釋

把因流汗、出油等而脫落的妝補好。

例句

昼休みの時間に、女性の社員はトイレで顔を直している。

午休時間，女員工在廁所補妝。

気を取り直す

重新振作；打起精神

解釋

拋開失望或不愉快的心情，重新提起精神。

例句

台風の直撃で、ビニールハウスに大きな被害を受けて放心状態だった彼が、気を取り直して復旧作業を始めた。

因受到颱風的影響，塑料薄膜溫室遭遇重大損害而精神恍惚的他，重新振作起精神，開始了重建的工作。

memo

自動詞 流（なが）れる　他動詞 流（なが）す

奢侈（しゃし）に流（なが）れる

流於奢侈

解釋

生活的奢侈程度已超過自己的收入或身分。

例句

いつも買（か）いたい物（もの）はすぐ買（か）うけど、気（き）がつくと、生活（せいかつ）が奢侈（しゃし）に流（なが）れるので困（こま）っている。

平時想買什麼就買什麼，回過神來，生活已經流於奢侈，真是傷腦筋。

流（なが）れる水（みず）は腐（くさ）らず

流水不腐

解釋

水流動的同時會帶來乾淨的水，經常流動就不容易產生腐臭。

同義詞

使（つか）っている鍬（くわ）は光（ひか）る

転（ころ）がる石（いし）には苔（こけ）が生（は）えぬ

人通（ひとどお）りに草（くさ）生（は）えず

繁盛（はんじょう）の地（ち）に草（くさ）生（は）えず

例句

流れる水は腐らずと言う通り、常に新しい考えを取り入れて努力していけば、どんどん前に進めるよ。

就像流水不腐，經常接納新的想法並且努力，就能不斷往前進步了。

深い川は静かに流れる

靜水流深

解釋

有實力者不外露，真人不露相。

同義詞

能ある鷹は爪を隠す

鳴かない猫は鼠捕る

大智は愚の如し

例句

周りにどんなに因縁をつけられようとも、深い川は静かに流れるのだから、悠然とした態度でいるべきだ。

就算周遭的人不斷找碴，但所謂靜水流深，應該保持平淡的態度來應對。

自動詞 慣(な)れる 他動詞 慣(な)らす

水(みず)に慣(な)れる

住習慣

解釋

習慣土地的環境以及風土民情。

例句

日本(にほん)に来(き)て十年(じゅうねん)になり、既(すで)に水(みず)に慣(な)れた。

到日本已經十年了，已經習慣了這裡的環境。

並(なら)ぶ者(もの)がない

無人能出其右

解釋

最優秀的，無人可以匹敵。

同義詞

右(みぎ)に出(で)る者(もの)がない

例句

物理(ぶつり)の分野(ぶんや)で、彼(かれ)は並(なら)ぶ者(もの)がない。

在物理這個領域，無人能出其右。

memo

自動詞

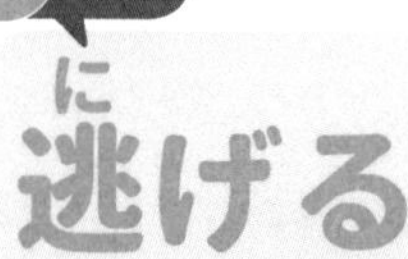

逃（に）げる

1. 逃
2. 逃避

1 | 人或其他動物逃、逃走
2 | 人逃避、躲避自己討厭的事情（抽象比喻）

1 | 泥棒（どろぼう）が逃（に）げた。
小偷逃跑了。

2 | 君（きみ）は難（むずか）しい任務（にんむ）を逃（に）げているね。
你總是在逃避複雜的工作呢！

1. 使…逃走
2. 使…（機會）跑掉

1 | 讓…跑掉，將人或動物放走、使…逃走
2 | 使某種機會跑掉，錯過機會（抽象比喻）

1-1 | しばらく追(お)いかけたが、泥棒(どろぼう)をとうとう逃(に)がしてしまった。
我追了一陣子，還是讓小偷跑掉了。

1-2 | 小鳥(ことり)を捕(つか)まえたが、かわいそうなので、逃(に)がしてやった。
抓到了小鳥，可是覺得牠很可憐，又把牠放了。

2 | この機会(きかい)を逃(に)がさないで、よく勉強(べんきょう)しなさいよ。
不要錯過這個機會，好好用功啊！

自動詞 逃（に）げる 他動詞 逃（に）がす

三十六計（さんじゅうろっけい）逃（に）げるに如（し）かず

三十六計走為上策

解釋

遇上麻煩時，與其想盡辦法倒不如直接離開較為明智。

同義詞

逃（に）げるが勝（か）ち

負（ま）けるが勝（か）ち

例句

持（も）ち株（かぶ）が急落（きゅうらく）し始（はじ）めた。三十六計（さんじゅうろっけい）逃（に）げるに如（し）かず、早（はや）めに売（う）って損失（そんしつ）を最小限（さいしょうげん）にしよう。

股票開始大跌，三十六計走為上策，儘早賣掉以減少損失。

逃（に）げるが勝（か）ち

大局著眼，以退為進

解釋

未戰先逃雖然很卑鄙，但最後結果卻是勝利的。

同義詞

負（ま）けるが勝（か）ち

例句

逃(に)げるが勝(か)ちと人(ひと)はよく言(い)います。人生(じんせい)には、勝負(しょうぶ)したり面倒(めんどう)なことにかかわったりするよりは、逃(に)げたほうが得(とく)なことだってあるのですから。

常聽人說以退為進。因為人生中，有時比起跟別人爭勝負，或是遇到麻煩事的時候，暫時逃避可能比較有利。

自動詞

残る（のこる）

1. 留下
2. 剩下
3. 遺留下來

1 | 人留在原來的地方不走
2 | 東西剩餘、剩下
3 | 東西遺留下來、留下（抽象比喻）

1 | 放課後（ほうかご）学校（がっこう）に残（のこ）って掃除（そうじ）をした。
放學以後（我）留在學校打掃教室。

2 | 山（やま）にはまだ雪（ゆき）が残（のこ）っている。
山上還積著雪，沒有化。

3 | そのことはまだ記憶（きおく）に残（のこ）っていた。
那件事還留在記憶裡。

1. 讓…留下　　3. 留下
2. 剩下

1 | 讓某人留在原來的地方
2 | 人們有意識地留下、剩下某種東西
3 | 留下（抽象比喻）

1 | **放課後（ほうかご）学生（がくせい）を残（のこ）して大掃除（おおそうじ）をさせた。**
放學以後，留下學生大掃除。

2 | **すいかを残（のこ）さないでください。**
不要把西瓜留下來。

3 | **大（おお）きな功績（こうせき）を残（のこ）して死（し）んでいった。**
留下了偉大的功績死去了。

自動詞

伸びる（の）

1. 變長
2. 長高
3. 發展

1｜東西的長度長長，距離、時間等拉長、延長
2｜草木或人長高
3｜勢力擴大，能力發展

1-1｜髪（かみ）の毛（け）が伸（の）びた。
頭髮長長了。

1-2｜春（はる）になって日（ひ）が延（の）びた。
到了春天，白天的時間變長了。

2｜弟（おとうと）は背（せ）が伸（の）びて、私（わたし）と同（おな）じような背丈（せたけ）になった。
弟弟長高了，變得和我一樣高了。

3｜国力（こくりょく）が伸（の）びる。
國力增強。

1. 拉長
2. 拉開
3. 擴大

1 | 將長度、距離、時間延長、拉長
2 | 將彎曲、折疊著的東西拉開、伸開
3 | 擴大、發展勢力、能力等

1-1 | 髪(かみ)の毛(け)を伸(の)ばす。
把頭髮留長。

1-2 | 会議(かいぎ)の時間(じかん)を一時間(いちじかん)延(の)ばす。
將會議的時間延長一小時。

2 | 体(からだ)を伸(の)ばす。
舒展身體。

3 | 科学家(かがくか)の才能(さいのう)を伸(の)ばさないと、科学(かがく)は発展(はってん)できない。
不提昇科學家的才能，科學是不會有發展的。

「伸びる、伸ばす」用於時間多寫作「延びる、延ばす」。

自動詞

乗る（の）

1. 爬上　3. 刊載　5. 乘勢
2. 乘坐　4. 和著拍子

1｜從低處爬、上到高處
2｜乘、騎、坐交通工具等
3｜報章雜誌登載某種消息，或書籍載錄某種內容
4｜和著拍子唱歌或跳舞（抽象比喻）
5｜乘著氣勢，乘勢、借勢（抽象比喻）

1｜**その箱（はこ）の上（うえ）に乗（の）ってはいけません。**
不要爬到那個箱子上。

2｜**毎日電車（まいにちでんしゃ）に乗（の）って学校（がっこう）へ行（い）く。**
每天坐電車上學。

3｜**この言葉（ことば）は辞書（じしょ）にも載（の）っていない。**
這個單字並沒有收錄在字典裡。

4｜**リズムに乗（の）って踊（おど）る。**
和著拍子跳舞。

5｜**勝（か）ちに乗（の）って一気（いっき）に攻（せ）め込（こ）んだ。**
乘勢一鼓作氣攻了進去。

1. 放上去　3. 刊登　5. 使…乘勢
2. 讓…乘坐上交通工具　4. 使…和著拍子

1｜將某種東西往高的地方放，放上去
2｜讓人坐交通工具或將某種東西裝到交通工具上
3｜報章雜誌登載、刊登某項消息、記事，或書籍收錄某些內容
4｜使…和著拍子唱歌跳舞（抽象比喻），但使用時機較少
5｜使…乘著氣勢等（抽象比喻），但較少用

1｜この上(うえ)には何(なに)も乗(の)せないようにしてください。
請不要在這個上面放任何東西。

2｜運転手(うんてんしゅ)はよろこんで客(きゃく)を乗(の)せた。
司機很高興地讓客人上了車。

3｜夕刊(ゆうかん)は面白(おもしろ)い記事(きじ)を載(の)せてくれる。
晚報刊登了有趣的報導。

4｜ギターに乗(の)せて歌(うた)う。
和著吉他唱歌。

5｜勢(いきお)いに乗(の)せる。
乘勢。

自動詞 残る　他動詞 残す

枝は枯れても根は残る

斬草不除根，春風吹又生

解釋

即使樹枝枯死，根也保留在土壤中。比喻根除災難和壞事是很難的。

例句

病気は完治させないと、枝は枯れても根は残ると言いますし、また入院しなければならなくなりますよ。

病要是沒有痊癒的話，就如斬草不除根，春風吹又生，又必須要再住院了。

耳に残る

迴盪耳邊；記憶猶新

解釋

話語或聲音等留在記憶中。

同義詞

頭に残る

まぶたの裏に焼き付く

例句

昨日聞いた音楽はとても綺麗で、耳に残る。

昨天聽的音樂十分美妙，一直迴盪在耳邊。

虎は死して皮を留め、人は死して名を残す

人死留名，虎死留皮

解釋

人死後會因其功績而使名聲流傳至後世，老虎死後所留下的虎皮十分珍貴。

同義詞

人は一代名は末代

豹は死して皮を留め、人は死して名を留む

例句

今の研究でも充分認められているが、虎は死して皮を留め、人は死して名を残すと言うように、死ぬまでには自分の死後に語り継がれるような成果を残したい。

目前的研究雖已受到認可，但所謂人死留名，虎死留皮，到死之前還是希望能有名留後世的成果。

爪痕（つめあと）を残（のこ）す

災害或事件留下損害

解釋

因災害或戰爭等而留下損害或影響。

同義詞

傷跡（きずあと）を残（のこ）す

悪影響（あくえいきょう）が残（のこ）る

例句

この間（あいだ）の台風（たいふう）は強風（きょうふう）と大雨（おおあめ）で、直撃（ちょくげき）した地方（ちほう）のあちらこちらに深（ふか）い爪痕（つめあと）を残（のこ）していて、その被害（ひがい）はまだはっきりしていない。

前些時候，因颱風帶來的強風與豪雨，在遭到侵襲的地區留下嚴重的災害，其損傷程度目前還不明確。

自動詞 伸(の)びる 他動詞 伸(の)ばす

手足(てあし)を伸(の)ばす

放鬆

解釋

放鬆休息。

例句

最近(さいきん)、仕事(しごと)が忙(いそが)しくて家族(かぞく)と話(はなし)をする事(こと)もできなかったから、みんなを連(つ)れて温泉(おんせん)にでも行(い)って手足(てあし)を伸(の)ばしてゆっくりしようと思(おも)う。

最近工作太忙連跟家人聊天的時間都沒有，所以打算帶他們去溫泉好好放鬆休息。

触手(しょくしゅ)を伸(の)ばす

懷有野心、伸出魔爪

解釋

為了想得到的東西而採取行動。

例句

隣(となり)の国(くに)が、こちらの国(くに)に触手(しょくしゅ)を伸(の)ばしてくるのも時間(じかん)の問題(もんだい)だと思(おも)われるので、対応策(たいおうさく)を考(かんが)えなくてはならない。

鄰國要對我國伸出魔爪已是時間上的問題而已，必須儘早想出因應對策。

彼(かれ)は大学卒業後(だいがくそつぎょうご)、カメラの輸入販売(ゆにゅうはんばい)をしていたが、インターネットの普及(ふきゅう)と同時(どうじ)に、洋服(ようふく)をネット上(じょう)で販売(はんばい)することに興味(きょうみ)を持(も)ち、触手(しょくしゅ)を伸(の)ばした。

他大學畢業後，便從事相機的進口生意，在網路普及的同時，對衣服的網路販售也產生興趣，於是也開始進軍此市場。

memo

自動詞 乗る 他動詞 乗せる

尻馬に乗る

盲目跟從，隨聲附和

解釋

原意是跟在騎馬人的後面，由此引申為對事物不加判斷，跟在他人後面行事。或是對他人的言論不分好壞加以贊同。

同義詞

尻馬に乗れば落ちる

付和雷同

例句

私もほかの連中の尻馬に乗って彼を罵ってしまったから同罪だ。

我隨聲附和其他人責罵他，所以同罪。

イギリスに留学しようと思い立ったが、尻馬に乗って、母と父も行きたいと言い出したので、先に英語を勉強すべきだと言った。

有了想去英國留學的念頭，父母也附和著說想去，所以我說你們先要學英文。

大船（おおぶね）に乗（の）る

穩如泰山；安安穩穩；放心

解釋

（像坐在大船上一般）非常放心。

同義詞

親船（おやぶね）に乗（の）る

例句

私（わたし）は顔（かお）が広（ひろ）いので、私（わたし）を頼（たよ）れば大船（おおぶね）に乗（の）ったようなもんだよ。

我的人面很廣，只要跟著我包準你一切安穩。

この塾（じゅく）に入（はい）ったからには、お子（こ）さんのことは大船（おおぶね）に乗（の）った気（き）でいてください。

只要來這個補習班，孩子的事大可放心。

口車（くちぐるま）に乗（の）せる

以花言巧語欺騙他人

解釋

用言語巧妙地欺騙玩弄他人。

例句

僕（ぼく）はあんな奴（やつ）の口車（くちぐるま）に乗（の）せられて騙（だま）されていたのか？

我被那個傢伙的花言巧語給騙了？

memo

自動詞

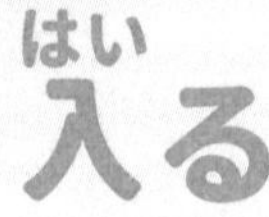

1. 進入　　3. 進入（狀態）
2. 得到　　4.（可能）進去

1｜人或某種東西（包括具體的與抽象的）從外面進入裡面

2｜得到某種東西，得到、弄到手、收入

3｜進入某種狀態

4｜含有可能的意思，因此主語是無情物時，只能用「入る」表示「可能進去」；主語是有情物表示可能時，則用「入れる」

1｜中（なか）へ入（はい）ってお茶（ちゃ）でも上（あ）がりなさい。
請進來喝杯茶！

2｜新（あたら）しい情報（じょうほう）が入（はい）った。
收到了新情報。

3｜彼（かれ）はこんな仕事（しごと）に身（み）が入（はい）らない。
他無法讓自己投入這份工作。

4-1｜大（おお）きな鞄（かばん）なので、もっと入（はい）る。
是一個大的手提包，還能再裝更多進去。

4-2｜穴（あな）の入（い）り口（ぐち）が狭（せま）くて、大人（おとな）は入（はい）れない。
洞口太小，大人進不去。

1. 讓…進入
2. 得到
3. 進入（狀態）

1 | 使人或物（具體或抽象的）從外進到裡面
2 | 獲得、得到某種東西
3 | 進入某種狀態

1 | **留守の間に、うちには誰も入れないようにしてください。**
我不在的時候，請不要讓任何人進到屋裡。

2 | **彼はアルバイトで毎月五万円ぐらいのお金を手に入れることができます。**
他打工每個月可以收入五萬日圓。

3 | **彼は勉強に身を入れていない。**
他不專心用功。

「入れる」本身不含有可能的意思，因此表示可能時，就跟其他動詞一樣用可能形「入れられる」。

大きな鞄だから、もっと入れられる。
是個大手提包，所以還能再裝更多。

自動詞

始まる（はじまる） 開始

開始，含有「始められる」（被動）的意思

1-1 手術（しゅじゅつ）が始（はじ）まる。

手術開始。

1-2 四月（しがつ）から新（あたら）しい学期（がっき）が始（はじ）まる。

新學期從四月開始。

開始

有意識地開始進行某種活動

1-1 | 手術（しゅじゅつ）を始（はじ）める。

開始手術。

1-2 | 四月（しがつ）から日本語（にほんご）の勉強（べんきょう）を始（はじ）めます。

從四月開始學習日語。

自動詞

外(はず)れる

1. 掉下、開
2. 偏離

1｜裝好的、安置好的東西，自動地掉下、開等
2｜失掉、離開，也表示猜錯、沒猜中

1｜ボタンが外(はず)れた。
鈕扣掉了。

2-1｜天気予報(てんきよほう)は外(はず)れることがある。
天氣預報有時不準。

2-2｜試験(しけん)に山(やま)をかけたが、外(はず)れた。
考試時猜題猜錯了。

1. 取下、解開
2. 漏掉、使…跑掉

1 | 有意識地將安好的、裝好的、戴好的東西取下、摘下、脫下、解開等

2 | 沒有抓住應該抓住的東西，使之跑掉、漏掉

1 | 手袋(てぶくろ)を外(はず)す。

脫下手套。

2 | 飛(と)んできたボールを外(はず)してしまった。

沒有抓住飛來的球。

用「席を外す」表示「離席、離開」。

課長(かちょう)は今席(いませき)を外(はず)しておりますが、すぐ戻(もど)ってきます。

課長現在不在，一會兒就回來。

自動詞 入る（はいる） 他動詞 入れる（いれる）

恨み骨髄に入る（うらみこつずいにはいる）

恨之入骨

解釋

指怨恨深入到骨頭裡，表示內心帶有強烈的恨意。

同義詞

恨み骨髄に徹す（うらみこつずいにてっす）

例句

明智光秀（あけちみつひで）が織田信長（おだのぶなが）を本能寺（ほんのうじ）で討（う）ったのは恨み骨髄に入（うらみこつずいにはい）っていたからなのでしょうか。

明智光秀在本能寺擊敗織田信長，或許是因為恨之入骨的關係。

気合を入れる（きあいをいれる）

振作起精神

解釋

全神貫注，或是用言語鼓勵，讓人振作精神。

同義詞

活を入れる（かつをいれる）

気を入れる（きをいれる）

ねじを巻く（まく）

例句

学校(がっこう)の試験(しけん)が近(ちか)いので気合(きあい)を入(い)れて勉強(べんきょう)しないと、すぐに眠(ねむ)くなってしまう。

學校的考試快到了，要是不振作精神讀書的話，馬上就會睡著。

山(やま)の頂上(ちょうじょう)が近(ちか)づいてきたので、皆(みんな)で気合(きあい)を入(い)れて励(はげ)まし合(あ)った。

快要到山頂了，大家振作起精神相互鼓勵。

茶茶(ちゃちゃ)を入(い)れる

插嘴

解釋

從旁插嘴妨礙別人說話。

例句

秀夫(ひでお)くんはいつも、私(わたし)が真面目(まじめ)な話(はなし)をしているときに、横(よこ)から茶茶(ちゃちゃ)を入(い)れてくるので困(こま)る。

秀夫總是在我講很嚴肅的話題時從旁插話，真讓人感到困擾。

何(なに)かにつけて、彼(かれ)は私(わたし)の仕事(しごと)に茶茶(ちゃちゃ)を入(い)れてくるが、何(なに)か私(わたし)に対(たい)して恨(うら)みでもあるのだろうか。

他動不動就對我的工作插嘴，難道是對我有怨恨嗎？

自動詞 始(はじ)まる 他動詞 始(はじ)める

千里(せんり)の行(こう)も一歩(いっぽ)より始(はじ)まる

千里之行始於足下

解釋

比喻凡事都要從最基本開始做起。

同義詞

遠(とお)きに行(ゆ)くは必(かなら)ず近(ちか)きよりす

高(たか)きに登(のぼ)るには低(ひく)きよりす

例句

千里(せんり)の行(こう)も一歩(いっぽ)より始(はじ)まると言(い)う通(とお)り、単語(たんご)をひとつひとつ確実(かくじつ)に覚(おぼ)えることで、日本語(にほんご)の成績(せいせき)が驚(おどろ)くほど上(あ)がったよ。

所謂千里之行始於足下，確確實實地一個一個地背單字，日文的成績就有了驚人的進步。

memo

自動詞 外れる（はずれる） 他動詞 外す（はずす）

顎（あご）が外（はず）れる

大笑

解釋

因為太有趣了而開口大笑。

同義詞

顎（あご）を外（はず）す

例句

この漫画（まんが）を読（よ）むと、顎（あご）が外（はず）れるほど大笑（おおわら）いできるから、もし恥（はじ）をかきたくなければ、電車（でんしゃ）の中（なか）で読（よ）んではいけないよ。

看這本漫畫會笑到下巴脫臼，所以如果不想丟臉的話，就不能在電車上看。

羽目（はめ）を外（はず）す

盡情、縱情

解釋

變成沒有紀律或束縛的狀態。

同義詞

箍（たが）が外（はず）れる

例句

普段（ふだん）あれだけ頑張（がんば）っているんだから、たまには羽目（はめ）を外（はず）すのもいいんじゃないかな。

平常那麼努力，偶爾也該縱情一下吧！

羽目（はめ）を外（はず）して飲（の）みすぎたらしく、起（お）きてみたら外（そと）で寝（ね）ていた。

因為過度放鬆，所以酒喝太多的樣子，醒來發現睡在外面。

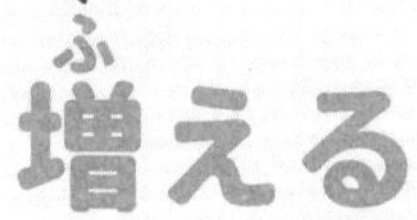

増える 増加

東西或人數增加

1-1 | 運動をしないので、体重はずいぶん増えた。
因為不運動，體重增加了許多。

1-2 | 観光に来る人は毎年増えている。
來旅遊的人，每年都在增加。

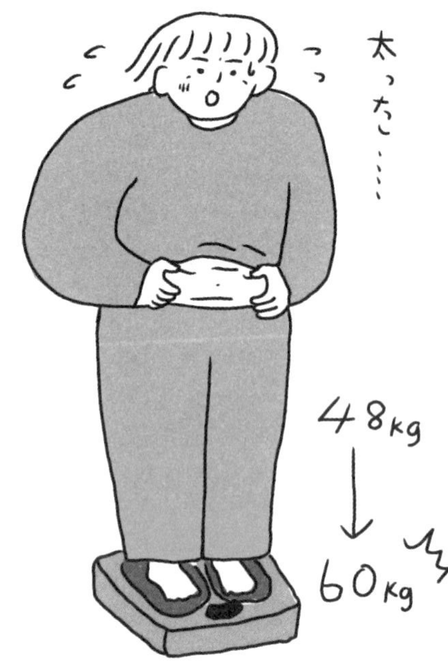

使…增加

使東西、人的數量增加

1-1 | 毎年本を書いて収入をすこし増やしている。
每年寫書，增加一點收入。

1-2 | いろいろな手を尽して観光客を増やしている。
想盡各種辦法增加觀光客。

自 動詞

塞（ふさ）がる　被堵住

某種東西的空隙被堵住、被阻塞

1-1 | 穴（あな）が塞（ふさ）がる。
洞被堵住。

1-2 | 通路（つうろ）が塞（ふさ）がる。
通道被堵住。

1. 堵住
2. 佔
3. 鬱悶

1｜將某種東西的空隙等堵住、塞住
2｜用「席を塞ぐ」表示佔、佔住
3｜心情不舒坦，鬱悶、不舒暢、不痛快（抽象比喻）

1-1｜穴（あな）を塞（ふさ）ぐ。
堵住洞。

1-2｜バスが故障（こしょう）して道（みち）を塞（ふさ）いでしまった。
公車故障堵塞交通。

2｜観衆（かんしゅう）は席（せき）を塞（ふさ）いでいた。
觀眾把座位全佔滿了。

3｜何（なに）を塞（ふさ）いでいるのだ。
你為什麼悶悶不樂的呢？

自動詞 塞(ふさ)がる 他動詞 塞(ふさ)ぐ

手(て)が塞(ふさ)がる

忙碌、騰不出手來

解釋

手上已經有工作了，沒有餘力再去做其他事。多用於拒絕的場合。

同義詞

手(て)が離(はな)せない

例句

手(て)が塞(ふさ)がっていて、電話(でんわ)に出(で)ることができないから、代(か)わりにだれか出(で)てくれないか。

忙到騰不出手來，沒辦法接電話，有誰可以幫忙接一下嗎？

どんなに頼(たの)まれても今(いま)は手(て)が塞(ふさ)がっているから、君(きみ)の仕(し)事(ごと)まで手伝(てつだ)うことはできないよ。

再怎麼拜託，現在我很忙，沒辦法連你的工作都幫忙做。

胸(むね)が塞(ふさ)がる

憂鬱

解釋

內心感到不安，心情悲傷。

同義詞

胸(むね)が一杯(いっぱい)になる

胸(むね)が詰(つ)まる

むねがつかえる

例句

自分(じぶん)の子供(こども)を同(おな)じくらいの年(とし)の子供(こども)の事故(じこ)や事件(じけん)のニュースを聞(き)くと、胸(むね)が塞(ふさ)がる思(おも)いになります。

聽到跟自己孩子差不多年紀的小孩發生的事故或事件相關的新聞，總是讓我心情沉重鬱悶。

大海(たいかい)を手(て)で塞(ふさ)ぐ

以手堰海

解釋

比喻完全不可能做到的事卻打算去做，就如想用手去擋住大海。

同義詞

擂粉木(すりこぎ)で腹(はら)を切(き)る

大河(たいが)を手(て)で堰(せ)く

大海(たいかい)を手(て)で堰(せ)く如(ごと)し

例句

彼(かれ)は一週間(いっしゅうかん)に五十冊(ごじゅうさつ)の本(ほん)を読(よ)むと言(い)ったが、大海(たいかい)を手(て)で塞(ふさ)ぐと同(おな)じく、不可能(ふかのう)である。

他說一個星期要讀五十本書，但這如以手堰海，完全不可能。

減(へ)る　減少

人或東西的數量減少

1-1 | このごろ、食事(しょくじ)の量(りょう)が減(へ)った。
最近食量減少了。

1-2 | このごろ、アルバイトする学生(がくせい)が減(へ)った。
最近打工的學生減少了。

用「腹が減る」，表示「肚子餓了」。

朝(あさ)から重労働(じゅうろうどう)をしていたので、腹(はら)が減(へ)った。
從早開始做粗活，肚子都餓了。

使…減少

由「減る」未然形後接「せる」構成的「減らせる」變化而來，含有「使…」的意思，表示「使…減少」

1-1 | あんまり太(ふと)っているから、もう少(すこ)し食事(しょくじ)の量(りょう)を減(へ)らさないといけない。

因為太胖了，所以必須減少食量。

1-2 | 重(おも)くて持(も)てないから、少(すこ)し減(へ)らしてください。

太重拿不起來，請再減少一些。

曲(ま)がる

1. 彎
2. 拐過去
3. 傾斜
4. 心術不正

1｜直的東西變彎、彎
2｜換個方向走
3｜東西向某一方向傾斜、歪
4｜心術、行為不正、歪、不正當（抽象比喻）

1-1｜釘(くぎ)が曲(ま)がっている。
釘子彎了。

1-2｜腰(こし)が曲(ま)がっている。
腰彎著。

1-3｜道(みち)が曲(ま)がっている。
道路彎曲著。

2｜あの角(かど)を左(ひだり)に曲(ま)がるとすぐ郵便局(ゆうびんきょく)だ。
在那個轉角左轉，就是郵局。

3｜ネクタイが曲(ま)がっている。
領帶歪了。

4｜根性(こんじょう)の曲(ま)がった人(ひと)だ。
（他）是一個性情乖僻的人。

1. 弄彎
2. 曲解、放棄

1 | 將直的東西弄彎、彎
2 | 歪曲、曲解、放棄（抽象比喻）

1-1 | 釘(くぎ)を曲(ま)げる。
把釘子弄彎。

1-2 | 腰(こし)をもう少(すこ)し曲(ま)げなさい。
腰再彎下去一點。

2-1 | 事実(じじつ)を曲(ま)げる。
扭曲事實。

2-2 | 彼(かれ)は自分(じぶん)の主張(しゅちょう)を曲(ま)げなかった。
他沒有放棄自己的堅持。

交わる（まじわる）

1. 混
2. 交叉
3. 交往

1｜兩種東西摻雜、混在一起
2｜兩線、兩條道路等相交叉、交
3｜人與人交際、交往、來往（抽象比喻）

1｜朱（しゅ）に交（まじ）われば赤（あか）くなる。
近朱者赤。

2｜新宿（しんじゅく）は中央線（ちゅうおうせん）と山手線（やまのてせん）の交（まじ）わったところにある。
新宿位於中央線與山手線交叉處。

3｜彼（かれ）は今（いま）でも小学校時代（しょうがっこうじだい）の友（とも）だちと親（した）しく交（まじ）わっています。
他現在仍然和小學時的朋友保持著密切的連繫。

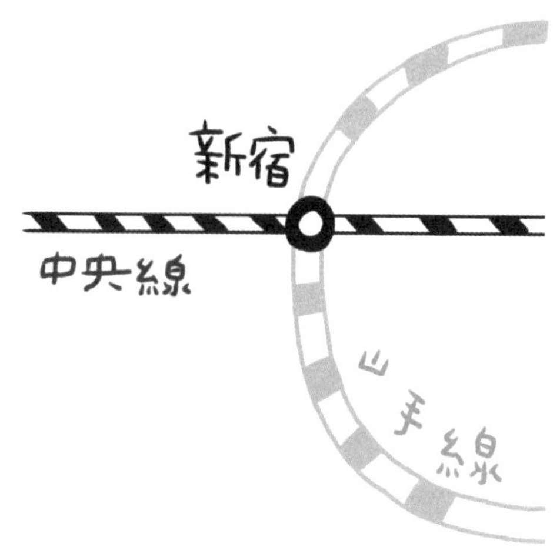

1. 混進…
2. 將……交叉
3. 交談、交戰

1 | 將某種東西混雜進去
2 | 將兩種東西交叉起來，這時多構成一些慣用語來用
3 | 人與人相互之間進行某種活動，如交談、交戰（抽象比喻）

1 | **いかなる個人的(こじんてき)な感情(かんじょう)を交(まじ)えてはいけない。**
不要摻雜個人情感。

2 | **膝(ひざ)を交(まじ)えて語(かた)った。**
促膝交談。

3-1 | **言葉(ことば)を交(まじ)える。**
交談。

3-2 | **戦(たたか)いを交(まじ)える。**
交戰。

自動詞 曲(ま)がる　他動詞 曲(ま)げる

口(くち)が曲(ま)がる

遭到報應

解釋

說長輩或恩人的壞話，嘴巴會變歪，表示遭到報應。

例句

恩人(おんじん)の悪口(わるぐち)を言(い)う人(ひと)は、口(くち)が曲(ま)がるとよく言(い)われる。

常聽別人說，說恩人壞話的人會遭到報應。

節(せつ)を曲(ま)げる

屈節

解釋

改變自己的信念，跟隨他人。

同義詞

節(せつ)を折(お)る

節(せつ)を屈(くっ)する

例句

元々(もともと)中立(ちゅうりつ)を守(まも)っていた健太(けんた)くんだったが、普段世話(ふだんせわ)になっている智子(ともこ)ちゃんからのお願(ねが)いもあって、節(せつ)を曲(ま)げて反対派(はんたいは)にまわった。

原本保持中立的健太，因平常給予照顧的智子的拜託，所以改變信念，成為反對派。

臍(へそ)を曲(ま)げる

鬧彆扭

解釋

肚臍在身體正中央，肚臍彎曲表示整個人會顯得不正，因此用來比喻個性不直率、故意鬧彆扭。

同義詞

旋毛(つむじ)を曲(ま)げる

例句

あの芸能人(げいのうじん)は撮影当日(さつえいとうじつ)でも、臍(へそ)を曲(ま)げて仕事(しごと)をキャンセルすることが多(おお)くて有名(ゆうめい)だ。

那一位藝人因經常在拍攝當天鬧脾氣把工作取消而十分有名。

お母(かあ)さんが私(わたし)だけ褒(ほ)めたせいで、妹(いもうと)は臍(へそ)を曲(ま)げてしまった。

由於媽媽只稱讚我，所以妹妹鬧彆扭了。

memo

自動詞 交（まじ）わる　他動詞 交（まじ）える

膝（ひざ）を交（まじ）える

促膝談心

解釋

親密地互相談心。

例句

友達同士（ともだちどうし）で膝（ひざ）を交（まじ）えて親（した）しく話（はな）し合（あ）えば、信頼感（しんらいかん）もわくと思（おも）う。

朋友們要是能親密地促膝談心，相信能增加彼此的信賴。

一戦（いっせん）を交（まじ）える

打一場仗；決一勝負

解釋

決勝負；打一場仗。

例句

大軍（たいぐん）が国境（こっきょう）にひたひたと迫（せま）り、間（ま）もなく一戦（いっせん）を交（まじ）えることになろう。

大軍直逼邊境，將要展開一場激戰。

memo

みだ
乱れる

1. 亂
2. 混亂

1 | 具體東西的亂
2 | 抽象事物的亂、混亂、紊亂

1 | 風(かぜ)に吹(ふ)かれて髪(かみ)の毛(け)が乱(みだ)れた。
一颳風頭髮就亂了。

2 | 夫(おっと)の病気(びょうき)のことを聞(き)いて、妻(つま)の心(こころ)は乱(みだ)れた。
聽說丈夫生病的事，妻子的心情很亂。

乱(みだ)す

1. 弄亂
2. 擾亂

1 | 將具體的東西搞亂、弄亂
2 | 將某種抽象事物搞亂、打亂、擾亂

1 | 髪(かみ)を乱(みだ)す。
弄亂頭髮。

2 | 秩序(ちつじょ)を乱(みだ)す。
擾亂秩序。

自動詞

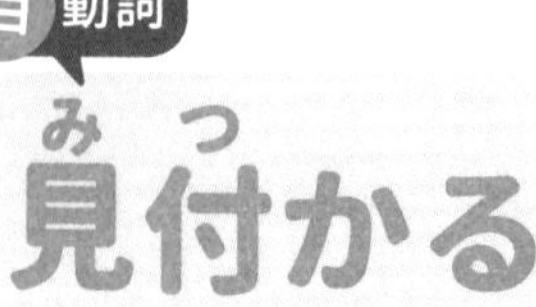

見付(みつ)かる　發現、找到

含有「見付けられる」（被動或可能）的意思。一般用「Ⓑが（は）（Ⓐに）見付かる」表示「某種東西或某人Ⓑ被Ⓐ發現、找到」；也表示「能發現」、「能找到」

1-1 | **無(な)くした鍵(かぎ)は見付(みつ)かった。**
弄丟的鑰匙找到了。

1-2 | **いたずらをして先生(せんせい)に見付(みつ)かった。**
惡作劇被老師發現了。

1-3 | **仕事(しごと)が見付(みつ)かった。**
找到了工作。

發現、找到

> 一般用「Ⓐは Ⓑを見付ける」句型，表示「某人Ⓐ發現、找到某種東西或某人Ⓑ」，相當於發現、找到、找；用「～を見付けている」時，表示「在尋找～」

1-1 | **山の上でいろいろ珍しい植物を見付けた。**
在山上發現了許多稀奇的植物。

1-2 | **授業中に小説を読んでいるところを先生に見付けられた。**
上課偷看小說的時候，被老師發現了。

1-3 | **彼は今仕事見付けている。**
他現在在找工作。

自動詞 乱れる（みだれる） 他動詞 乱す（みだす）

心が乱れる（こころがみだれる）

心煩意亂

解釋

為了許多事而煩惱，心情無法平靜。

同義詞

心を乱す（こころをみだす）

例句

彼女は悪い知らせに心が乱された。（かのじょはわるいしらせにこころがみだされた。）

她因為聽到不好的消息而心煩意亂。

算を乱す（さんをみだす）

亂得一塌糊塗

解釋

散亂的樣子。「算」是用來計算、占卜的用具，以算木散亂的樣子來形容極端混亂。

例句

敵は算を乱して逃げだした。（てきはさんをみだしてにげだした。）

敵人倉皇逃跑。

memo

儲かる

1. 能夠賺錢
2. 撿了便宜

1 | 用「Ⓑは儲かる」句型，Ⓑ是某種商品或「お金」，表示「Ⓑ能夠賺錢」

2 | 用「Ⓐは（Ⓒは）儲かる」句型，有時省略只用「儲かる」，表示「Ⓐ撿了便宜」或「賺到了」

1 | **この商品は儲かります。**

這種商品能賺錢。

2 | **税関が免税にしてくれたので儲かった。**

海關讓我免稅賺到了。

1. 賺
2. 白賺

1 | 一般用「Ⓐは（Ⓑを）儲ける」句型，Ⓑ多是名詞「お金」，表示「某人Ⓐ賺了錢Ⓑ」

2 | 用「Ⓐは（Ⓒを） 儲ける」句型，其中多是時間等抽象名詞，表示「某人Ⓐ白賺、白撿到了Ⓒ」

1 | **彼(かれ)らはお金(かね)を儲(もう)けるために働(はたら)いている。**

他們是為了賺錢而工作的。

2 | **今日(きょう)の休(やす)みは一日(いちにち)儲(もう)けた。**

今天賺到了一天休假。

自動詞

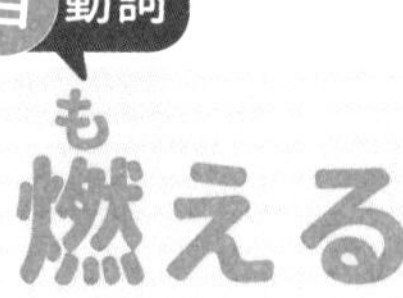

燃える

1. 燒著
2. 滿懷

1｜用「Ⓑが燃える」句型，主語Ⓑ可用火也可用某種東西，表示「某種東西Ⓑ燃燒、燒著」，「發生火災」

2｜用「Ⓑが燃える」或「Ⓐはにに燃える」句型，Ⓑ多是表示感情的抽象名詞，表示「某人Ⓐ由於某種感情Ⓑ而燃燒」，可譯作充滿、滿懷

1｜薪（まき）が湿（しめ）っていてなかなか燃（も）えない。

柴濕濕的，不容易點著。

2｜彼（かれ）は故国（ここく）への愛（あい）に燃（も）えてその小説（しょうせつ）を書（か）いた。

他滿懷對故國的熱情，寫了那本小說。

1. 燒
2. 燃燒、充滿

1 | 用「Ⓐは Ⓑを燃やす」句型，這時的受詞Ⓑ既可以用某種具體的東西，也可以用火，表示「某人Ⓐ把某種東西燃燒起來」或「燒掉」

2 | 作為抽象比喻用，以「Ⓑを燃やす」或「Ⓐは Ⓑを燃やす」句型，表示「某人Ⓐ充滿某種感情Ⓑ」，可譯作燃燒、充滿

1 | **落葉（おちば）を燃（も）やす。**
燃燒落葉。

2 | **彼（かれ）は心（こころ）の中（なか）で復讐（ふくしゅう）の炎（ほのお）を燃（も）やしている。**
他在心中燃燒著復仇的火焰。

自動詞 儲かる 他動詞 儲ける

大風が吹けば桶屋が儲かる

蝴蝶效應

解釋

字面意思是「一颳風做木桶的就大賺」，表示世上發生的事都會在意想不到的地方受到影響(好壞都有)。

同義詞

風が吹けば桶屋が喜ぶ

例句

人を叱るために発した言葉が、まさか流行語大賞になるとは、大風が吹けば桶屋が儲かるとはこのことか。

原本只是想罵人而說的話，沒想到得到流行語大賞，這應該就是所謂的蝴蝶效應吧！

金が金を儲ける

錢滾錢，利滾利

解釋

從原本的利益(錢)換取更多的利益(錢)。

例句

大金を得るには、金が金を儲けるのが一番速いのではないでしょうか。

想要賺大錢，錢滾錢應該是最快的吧！

自動詞 燃(も)える 他動詞 燃(も)やす

意気(いき)に燃(も)える

燃燒熱情

解釋

對事物有積極進行的動力。

例句

コーチの話(はな)しを聞(き)いた後(あと)、隊員(たいいん)は意気(いき)に燃(も)えて試合(しあい)を始(はじ)めた。

聽了教練的話後，大家熱血地開始了比賽。

心気(しんき)を燃(も)やす

焦急、憂慮

解釋

因為擔心而無法平靜的樣子。

同義詞

気(き)が気(き)でない

気(き)が揉(も)める

例句

明日(あした)は入学試験(にゅうがくしけん)の合格発表(ごうかくはっぴょう)の日(ひ)なので、不合格(ふごうかく)だったらどうしようかと心気(しんき)を燃(も)やしている。

明天是入學考試的結果發表，萬一沒有合格的話該怎麼辦，內心焦躁不安。

自 動詞

焼(や)ける

1. 燒、烤
2. 嫉妒、羨慕

1 | 燒或燒得、燒好

2 | 表示嫉妒，有時還表示羨慕

1-1 | **あの火事(かじ)で多(おお)くの家(いえ)が焼(や)けた。**
那次火災燒掉了許多房子。

1-2 | **魚(さかな)が焼(や)けた。**
魚煎好了。

1-3 | **背中(せなか)が真(ま)っ黒(くろ)に焼(や)けた。**
背都曬黑了。

2 | **あの二人(ふたり)をごらんよ、焼(や)けるね。**
你看他們兩個，很令人羨慕吧！

1. 燒、烤
2. 嫉妒

1 | 加熱燒、烤某種東西

2 | 表示嫉妒

1-1 | 敵(てき)は多(おお)くの家(いえ)を焼(や)いた。

敵人燒了許多房子。

1-2 | 焼(や)いた薯(いも)はうまい。

烤蕃薯很好吃。

1-3 | 海水浴場(かいすいよくじょう)へ行(い)って背中(せなか)を真(ま)っ黒(くろ)に焼(や)いた。

去海水浴場玩把背全曬黑了。

2 | 他人(たにん)の成功(せいこう)を焼(や)いている。

（他）嫉妒別人的成功。

自 動詞

止（や）む

停止

某種自然現象或客觀現象自動地停止、停、終止

1-1 | 嵐（あらし）が止（や）んだ。
暴風雨停了。

1-2 | ピアノの音（おと）が突然（とつぜん）止（や）んだ。
鋼琴聲突然停止了。

1-3 | 騒（さわ）ぎが止（や）んだ。
吵鬧聲停止了。

1. 終止
2. 戒掉…
3. 辭職

1 | 停止、終止某項活動

2 | 戒掉惡習

3 | 辭掉工作

1-1 | 騒(さわ)ぎを止(や)めなさい。

不要吵鬧。

1-2 | 明日(あした)は授業(じゅぎょう)を止(や)めて遠足(えんそく)に行(い)きます。

明天停課出去郊遊。

2 | 体(からだ)がよくないから、たばこも酒(さけ)も止(や)めた。

因為身體不好，菸、酒都戒了。

3 | 野村先生(のむらせんせい)は文部大臣(ぶんぶだいじん)を止(や)めて大学(だいがく)の教授(きょうじゅ)になった。

野村老師辭掉了文化部長一職當了大學教授。

自動詞 焼(や)ける　他動詞 焼(や)く

世話(せわ)が焼(や)ける

費事、麻煩；需要特別關照

解釋

需要他人幫助或是照顧。也指麻煩。

同義詞

手(て)が焼(や)ける

手(て)がかかる

例句

智子(ともこ)ちゃんは、わがままで世話(せわ)が焼(や)けるけれども、かわいいところもあるのでしょうがないと思(おも)う。

智子任性又要別人照顧，但因為很可愛，所以拿她沒辦法。

まだ子供(こども)が小(ちい)さく、世話(せわ)が焼(や)けるので自分(じぶん)の時間(じかん)を持(も)つことができない。

孩子還小，需要我照顧，所以不可能有自己的時間。

胸(むね)が焼(や)ける

胃難受、吐酸水

解釋

因吃過量而胸口附近如火燃燒般不舒服。

同義詞

胸(むね)焼(や)けがする

例句

あまりにおいしそうだったのでケーキを四個(よこ)も買(か)って食(た)べたら、さすがに胸(むね)が焼(や)けました。

因為看起來太可口所以買了四個蛋糕來吃，結果胃果然不舒服了。

焼(や)き餅(もち)を焼(や)く

嫉妒

解釋

「焼く」和「妬く」的發音相同，故借此字表示嫉妒之意。

例句

孫(まご)が遊(あそ)びに来(き)て、おばあちゃんは孫(まご)ばかりかわいがるので、飼(か)いネコのミイ子(こ)は焼(や)き餅(もち)を焼(や)いて出(で)て行(い)ってしまいました。

孫子來玩，奶奶只顧著疼愛孫子，飼養的家貓小咪很嫉妒，竟跑了出去。

自動詞 止む 他動詞 止める

口が動けば手が止む

動口就忘了動手

解釋

只知道動口說閒話，做事情的手就會變慢。比喻效率不高。

例句

彼は仕事中人の悪口を言うのが好きで、いつも口が動けば手が止んでしまい、仕事の効率が悪い。

他工作時喜歡說人壞話，所以常動口就忘了動手，效率很差。

memo

ゆる 緩む

1. 鬆
2. 鬆懈、放鬆
3. 寬鬆

1｜緊繫著的東西變鬆、鬆
2｜常用「気が緩む」、「気持ちが緩む」表示「鬆懈」、「鬆弛」；將緊張的心情放鬆
3｜管理情況鬆懈、寬鬆了下來

1｜靴(くつ)の紐(ひも)が緩(ゆる)んだので歩(ある)きにくい。
鞋帶鬆了不好走。

2｜入学(にゅうがく)したばかりの時(とき)はみなよく勉強(べんきょう)しますが、二三(にさん)カ月(げつ)経(た)つと気(き)が緩(ゆる)んで、あまり勉強(べんきょう)しなくなった。
剛入學的時候，大家都很用功，但過了兩三個月就鬆懈起來了。

3｜警戒(けいかい)が緩(ゆる)んでいる。
警戒放鬆了。

1. 放鬆
2. 緩和
3. 放鬆、降低

1 | 將繫緊、轉緊的東西放鬆、鬆
2 | 將緊張的心情放鬆、緩和（抽象比喻）
3 | 放鬆管理程度，降低稅率等（抽象比喻）

1 | 腹一杯(はらいっぱい)食(た)べたから、締(し)めたベルトを少(すこ)し緩(ゆる)めた。
吃太飽了，把繫著的皮帶鬆一鬆。

2 | 忙(いそが)しくて気(き)を緩(ゆる)める暇(ひま)もない。
忙得連喘口氣的時間都沒有。

3 | 博打(ばくち)の取(と)り締(し)まりを緩(ゆる)めてはいけない。
不能放寬賭博的取締。

1. 自「緩む」還有以下兩種用法：

①「スピードが緩む」：速度放慢
②「寒さが緩む」：寒冷趨緩

①町(まち)に入(はい)ってから、車(くるま)のスピードが緩(ゆる)んだ。
進入市區以後，車子的速度就放慢了。

②だんだん寒(さむ)さが緩(ゆる)んできました。もうすぐ春(はる)です。
漸漸暖和一些了，很快春天就來了。

2. 使用㊀「緩める」的「スピードを緩める」有「放慢速度」的意思。

町(まち)に入(はい)ってから車(くるま)はスピードを緩(ゆる)めた。
進入市區以後，汽車放慢了速度。

memo

自動詞 緩む 他動詞 緩める

螺子が緩む

散漫、鬆懈

解釋

字面意思是螺絲鬆了，用來比喻散漫、鬆懈。

例句

試験まであと半年もあるからって、螺子が緩んでいるじゃないか。半年も、じゃなくて、半年しかないんだぞ！

因為距離考試還有半年，是不是就鬆懈了呢，但可不是還有半年，而是只剩下半年喔！

手を緩める

鬆手；緩和一下

解釋

讓本來嚴格看待的事情稍微緩和一下。

例句

飲酒運転の取り締まりの手を緩めて、市民に被害が出ては元も子もない。

因酒駕的取締開始鬆懈，使得市民受到傷害，可說是得不償失啊！

やっと！終わった!!

memo

memo

初學者輕鬆上手日語自他動詞 / DT企劃著.
-- 初版. -- 臺北市：笛藤出版, 2021.06
面； 公分
ISBN 978-957-710-822-7(平裝)

1.日語 2.動詞

803.165 110008941

2021年6月25日　初版第1刷　定價380元

著　　者	DT企劃
總 編 輯	賴巧凌
編　　輯	陳亭安
編輯協力	張秀慧·三村惠理
插　　圖	Aikoberry
封面設計	王舒玗
版型設計	王舒玗
編輯企劃	笛藤出版
發 行 所	八方出版股份有限公司
發 行 人	林建仲
地　　址	台北市中山區長安東路二段171號3樓3室
電　　話	(02)2777-3682
傳　　真	(02)2777-3672
總 經 銷	聯合發行股份有限公司
地　　址	新北市新店區寶橋路235巷6弄6號2樓
電　　話	(02)2917-8022 · (02)2917-8042
製 版 廠	造極彩色印刷製版股份有限公司
地　　址	新北市中和區中山路二段380巷7號1樓
電　　話	(02)2240-0333 · (02)2248-3904
印 刷 廠	皇甫彩藝印刷股份有限公司
地　　址	新北市中和區中正路988巷10號
電　　話	(02) 3234-5871
郵撥帳戶	八方出版股份有限公司
郵撥帳號	19809050